TREINTA
ME
HABLA
DE AMOR

‣ **Título original:** *Thirty Talks Weird Love*
‣ **Dirección editorial:** Marcela Aguilar
‣ **Edición:** Melisa Corbetto
‣ **Coordinación de Arte:** Valeria Brudny
‣ **Coordinación Gráfica:** Leticia Lepera
‣ **Diseño de interior**: Florencia Amenedo
‣ **Diseño de tapa:** Zeke Peña
‣ **Ilustraciones:** Paulina Magos

un sello de
V&R Editoras

© 2021 Alessandra Narváez Varela
© 2022 VR Editoras, S. A. de C. V.
www.vreditoras.com

MÉXICO: Dakota 274, colonia Nápoles,
C. P. 03810, alcaldía Benito Juárez, Ciudad de México.
Tel.: 55 5220-6620 · 800-543-4995
e-mail: editoras@vreditoras.com.mx

ARGENTINA: Florida 833, piso 2, oficina 203
(C1005AAQ), Buenos Aires.
Tel.: (54-11) 5352-9444
e-mail: editorial@vreditoras.com

Primera edición: septiembre de 2022

ISBN: 978-607-8828-29-6

Impreso en México en Litográfica Ingramex, S. A. de C. V.
Centeno No. 195, colonia Valle del Sur, C. P. 09819,
alcaldía Iztapalapa, Ciudad de México.

Para Amanda y Carlos, mis
padres: vértebras de mi
espalda, sangre y músculo
de mi corazón. Los adoro.
Toda palabra que escribo es
suya. Todo lo que soy es por
ustedes.

To Amanda and Carlos, my
parents: vertebrae of my
back, blood and muscle of
my heart. I adore you. Every
word I write is yours. All I am
is because of you.

Para las mujeres y niñas que hemos
perdido en Ciudad Juárez: la poesía no
regresa vida, la poesía no es justicia, pero
ella recuerda y no nos deja olvidar. Que los
benditos pasos en el paraíso que habitan
sean plenos y ligeros. Que lo que hagamos
en su memoria sea siempre digno de su
nombre. Que pronto llegue el día que
esta imperfecta, pero hermosa ciudad
nuestra nunca pierda a una mujer o niña
mas. Hasta entonces, por favor acepten la
humilde oración que es este libro.

To the women and girls we have lost in
Ciudad Juárez: poetry doesn't give back life,
poetry is not justice, but she remembers
and doesn't let us forget. May the blessed
steps you walk in the paradise you inhabit
be full and light. May what we do in your
memory always be worthy of your name.
May the day this imperfect, yet beautiful
city of ours never lose one more of you
arrive soon. Until then, please accept the
humble prayer that is this book.

Yo no la buscaba

Ella me encontró. Golpeó
el lateral del baño del Multicinema,
donde yo me sentaba, con
la vista fija en la mancha
color fresa de mi ropa interior.
¡Toma!, me dice ahora, y me da una
toalla con envoltorio verde lima.
Susurro *"gracias"* porque me
dijeron que se puede aceptar
una toalla de una desconocida.
Además, el cine es un lugar
público más o menos seguro.
Encuéntrame en el puesto de comida.
Podrás ver Buscando a Eva
al menos cinco veces, dice con
demasiado entusiasmo. Se me pone
la piel de gallina: ¡me está siguiendo!
No es una exageración: en mi hogar,
Ciudad Juárez, y en mi época, 1999,
desaparecen chicas como
agua por el desagüe. Una cita con
cualquiera no será mi final.
Tengo trece, no soy tonta.
Cuando el alma me vuelve a los huesos
tiro de la cadena, no me lavo las manos
y doy un portazo al salir.

Búnkeres en Ciudad Juárez

Sin aliento y sudorosa, me echo en la
butaca de gamuza roja junto a Chachita,

mi mami. Me pregunta qué pasa. *Nada,*
estoy bien, digo yo, pero todavía me laten

los oídos. No estoy bien. Trato de ver
la película: un hombre vivió en un búnker

treinta y cinco años porque su padre
pensaba que una bomba nuclear destruiría

los EE. UU. *¿Hay búnkeres en Ciudad*
Juárez?, le pregunto a Papiringo, mi papi, que

tiene el bigote lleno de palomitas. *Anamaria,*
shh, murmura él. La miro a Chachita.

Quizás, ¿por qué?, dice ella, bebiendo una
Diet Coke con lima. *Estaríamos más seguros,*

con menos miedo, digo muy rápido. *¿Qué?* pregunta
Chachita. Papiringo dice *shh* otra vez. Respiro

fuerte y les aprieto las manos: los dedos de
esqueleto de Chachita hacen *crac*. Los dedos

de salchicha de Papiringo no emiten sonido.

Nosotros: la familia Sosa Aragón

Yo: Anamaria Aragón Sosa. *Papis:* Chachita, alias Amanda Sosa, y Papiringo, alias Carlos Aragón. *Lugar:* Ciudad Juárez, Chihuahua, México, a un río-charco de distancia de El Paso, Texas, Estados Unidos. *Casa:* Una planta, dos dormitorios, un baño y medio, y un jardín triangular minúsculo en el que Chachita mata geranios. *Calle:* Rancho Carmona, no es un rancho de verdad. *Mascotas:* Algún que otro escorpión, alguna mariposa perdida y ningún perro porque "no tenemos espacio". *Lugares destacados:* Cerca del primer Walmart de la ciudad, un cine y una alcantarilla sin tapa que desborda cada mayo. Ahora es febrero. *Trabajos:* Mis papis son dueños de El Colorín, una taquería de la calle Adolfo Pérez Mateos. Aquí es donde estoy casi todo el tiempo, y donde hago la tarea, porque ese es *mi* trabajo: la escuela.

Introducción a Sor

Nombre: Instituto Sor Juana Inés de la Cruz.
      Alias: Sor. Uniforme: jumper gris que
llega a media pierna, con SJIC bordado
      en blanco del lado izquierdo. Calcetas azules
y zapatos lustrados negros como vinilo. Casi
      iguales a monjas, pero sin velos ni rezos. Pelo:
una coleta baja, ni alta ni dos como Britney Spears.
      Los chicos, como soldados, con cortes
clásicos llenos de gel. Lema: *Honor a quien
      honor merece,* y si quieres honor,
los libros deben estar henchidos de la saliva que
      queda cuando tu cuello demuestra ser una
grúa inútil para la cabeza dormilona. Supervivencia:
      estudiar, estudiar, estudiar. Big boss: la directora
Martínez, que corta las camisas que se salen de los
      pantalones y te tira de la oreja si te descubre
corriendo en el patio. Leyenda: tiene un collar
      hecho de orejas arrancadas y bebe
té de Tarahumara para no morirse nunca. Little bosses:
      monitores con faldas grises, caras
grises y ojos en la nuca que todo lo ven.

Problemas matemáticos

Matemáticas = la sal en mi herida. Por ejemplo: diez dedos = ¿por qué no tengo más con los que sumar? División larga = ¿quién necesita esto y por qué? Álgebra también me da urticaria, pero una de sus reglas me ha hecho pensar: 3 + 5 o 5 + 3 siempre = 8. ¿Será para mí amor + muerte *siempre* = Ciudad Juárez? No lo sé, pero mi ciudad es más que una simple suma, en el orden que sea. Piensen lo que piensen algunos. No conocen la belleza de los burritos de barbacoa humeantes, ni de las manos que los hacen al amanecer. Dicen que nuestras maquiladoras son una monstruosidad, pero disfrutan de los pesos de sus frutos. Dicen que nuestro nombre está mal porque Benito Juárez fue un guerrero, no un cero como nosotros. Su estatua señala a la antigua salida de la ciudad = *si no les gustamos, bye-bye!* Adoro mi ciudad, pero hasta *yo* quiero huir a veces cuando saco las cuentas.

Ella me vuelve a encontrar

Suena la campanilla de El Colorín.
Levanto la vista de mi libro de

Biología, pero no veo de verdad.
Un cliente tembloroso tras otro

ha venido en busca del crepitar y
el calor de nuestros tacos. El Sr. Yeyé,

mi tío de cariño (de mentira), se sienta
conmigo. Es dueño del café de al lado,

sin nombre, a pesar de que un día le di
esta joya de candidato: *El café de Yeyé*.

Él se rio esa vez. Ahora sonríe al
pedirme ayuda para amasar 500

bizcochos para una boda. Tengo mucha
tarea, y todavía no he logrado entrar al

cuadro de honor del Sor, pero adoro hacer
bollos de masa dulce. Chachita dice: *¡Ve, ve!*

porque estudio "demasiado". Afuera, juego
a una rayuela imaginaria para no tener

frío, pero una voz junto a la entrada del café me
para en seco: *¡No me acordaba del mamaleche!*

Carne y hueso

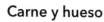

Abrigo largo, lentes de marco negro y un rodete de abuela: debe de ser el cuerpo detrás de la voz en el baño del cine. De pronto, me castañetean los dientes, pero el Sr. Yeyé no se da cuenta al abrir la puerta. Nos rodea una cálida nube de dulzura. Ella entra, cojeando.

Sr. Yeyé: Pase, señorita. ¿Qué le sirvo?
Ella: Un café de olla, por favor. Con leche. [Sr. Yeyé se va a la cocina]

Yo: Conozco tu voz. Estabas en el cine. En el baño.
¿Me estás siguiendo?
Ella: No, pero necesito hablar contigo.

Yo: No hablo con gente que no conozco. Mi tío está allí.
Ella: No es tu tío-tío.

Yo: Sí que *lo es*. Vete, por favor.
Ella: ¿Podrías escucharme?

Yo: No tengo que escuchar nada de lo que digas.
Ella: Sí que tienes que hacerlo. Porque... soy tú.
Dentro de diecisiete años.

Yo: Pero ¿*qué* estás diciendo? Es imposible viajar en el tiempo.
Ella: Yo también pensaba eso. Pero si me dejas...

Yo: ¿Qué? ¿Secuestrarme? Voy a pedir ayuda a los gritos…

Ella: Tranquila. Mira, te conozco. Ponme a prueba.

Yo: ¡Es una locura!

Ella: Tus padres se llaman Carlos y Amanda.

Yo: Eso lo sabe cualquiera que coma en El Colorín.
Podrías ser una clienta.

Ella: De apodo les pusiste Papiringo y Chachita.

Yo: Prácticamente vivo allí. Podrías haberme oído llamarlos así.

Ella: Quizás, pero…

Yo: Entonces, si tienes diecisiete años más que yo, ¿tienes treinta?

Ella: Sí, pero eso no es lo que importa.

Yo: Mira, tener treinta ya es ser vieja. Ser vieja es ser sabia, así que,
¿cómo puedes creer que viajas en el tiempo?

Ella: Mírame a los ojos.

Yo: Son azulados. También veo granitos.

Ella: Concéntrate, por favor. Tengo los ojos grises, como los tuyos.
Como dice Chachita.

Yo: ¿Y? ¿A qué te dedicas?

Ella: Soy poeta y maestra.

Yo: De ninguna manera voy a dedicarme a *eso* cuando tenga treinta.
Ella: ¡Ah, claro! Vas a ser médica y casarte con Brad Pitt.

Yo: Brad es un sueño, pero la medicina es un trabajo *de verdad...*
Treinta.
Ella: Me llamo *Anamaria.*

Yo: ¡Treinta, Treinta, Treinta!
Ella: Pregúntales a tus padres sobre tu etapa de bebé berenjena.

Yo: ¿Qué...?
Sr. Yeyé: Pero mírense ustedes... ¡Las dos tienen el mismo color de ojos! ¿Son primas o algo?

Yo: ¡No! Pero si ella fuera mi prima, ¡sería una de esas primas perdidas que nadie quiere encontrar!
Treinta: Vuelvo en otro momento, Anamaria. ¡Buen día, Sr. Yeyé!

Machetera

¿Quién será Treinta en realidad? ¿Acaso trabajó en
     El Colorín y viene con maldad? ¿Qué es una
etapa de bebé berenjena? ¿Les pregunto a mis papis?
     No, ellos ya se preocupan mucho por mí,
su hija machetera: a los machetazos por la vida
     para ser la mejor. He sido así desde *siempre*.
En el preescolar, diez veces dibujé una gallina, hasta
     que se rompió el papel. En segundo grado,
antes del Sor, cinco veces seguidas a una niña llamé
     para preguntarle: *¿Estás requetesegura de que
no hay más tarea que esa?* Ahora, en séptimo grado,
     voy a los machetazos así: hago la tarea de 5
a 9 de la noche, me duermo a las 10, me despierto a las
     6 y repito como loro datos de Biología, practico
Álgebra y escribo cuanto resumen pueda para repasar
     para los exámenes. *¡Dios mío!,* dice Chachita
cuando me ve haciendo eso. Quizás quiere que Dios
     me detenga porque ella no puede. Pero así
soy yo, más allá de quién o qué. Más allá de ella:
     Treinta: poeta fatigada, fantasma furiosa.

Introducción a Pipina

Se llama Delfina Lince Islas, pero
es como el pepino: fresca y verde.

Ese es el porqué de su apodo,
aunque no sea *pepino*, y ella solo

sea verde cuando su lengua juega mucho
con un caramelo de manzana. En realidad,

es de piel morena, ojos marrones, pelo
caramelo grueso como cuerda. También

podría ser verde porque su familia tiene lana,
pero no tiene *nada* de esas fresas que

presumen de sus cosas. El dinero es papel
de Monopoly para ella. Pero ¿las bromas?

Son aire y oro para Pipina. Así nos conocimos,
a unos días de empezar en el Sor, me susurró:

*¿Qué le dijo un globo a otro globo en el
desierto?* No le hice caso. *Cuidado con el*

cactussss, me dijo. Una risa disimulada con
una tos se escapó de mi garganta. Ella sonrió.

Así fue como me ayudó a mí –la niña nueva–
a relajarse y respirar por primera vez en el Sor.

Introducción a Margarita y sus 101

Margarita Dospasos Sol se saca 101, *incluso* 110, porque siempre responde las preguntas extras de los exámenes. *Estudia más,* me ha dicho, revelando el hoyuelo del mentón: por eso Margarita es mi segunda mejor amiga, después de Pipina. Margarita ha sido la reina del cuadro de honor desde que la conocí en tercer grado, y ni un solo pelo lacio, negro y corto de la cabeza se le rebela (mis rizos se encrespan y se desarman). Le salen granitos en las mejillas redondas y morenas durante la semana de exámenes (a mis nudillos les salen bultitos que causan comezón). Es machetera como yo: por eso Margarita a veces es mi primera mejor amiga. Sus padres tienen varios trabajos para enviarlas a ella y sus dos hermanitas, Cecy y Brenda, al Sor. *¡Estoy harta de las quesadillas!,* dice casi todos los días en el recreo. Ella se prepara el almuerzo sola. ¿Yo? ¡Si no fuera por mis papis, moriría de hambre!

El príncipe del cuadro de honor

Héctor Márquez Lara viene segundo en el
cuadro de honor, después de Margarita. Él es

del color de la leche hasta que una pizca de rosado
invade su cara cuando la directora Martínez anuncia

su segundo puesto el primer lunes de cada mes
en el patio del Sor. Su grupo de amigos, tontos

y llenos de acné, le levantan los pulgares mientras
él sonríe con petulancia. También tiene un club

de admiradoras ricas que sueltan risitas cada vez
que hace cualquier cosa. La cabecilla, Alexa,

es la peor. *Héctorrrr, qué inteligente eres,*
¿no me ayudas con la tarea?, le dice. Además

la he descubierto mirando su perfecto trasero,
que también me quedo mirando yo, pero…

¿cómo no va a estar en forma con una piscina
olímpica en el patio? Viene de familia rica,

oí que Alexa le decía a Priscila, su
minion, más que su amiga. *¡Seríamos*

la pareja mexicana perfecta!, con su voz melosa de telenovela.

Alexa Zaragoza Ordaz es un hada

Pero tiene las alas hechas de papel
de cera, y su brillo solo proviene

del esmalte de uñas Hard Candy
que usa, ignorando las reglas del Sor.

Era difícil no ver a Alexa en la paleta
apagada del Sor: una güera de verdad

(rubia platinada, no rubia mexicana como
yo= unos mechones dorados), pequeñita

y delicada. Tenía la piel blanca, pero
no blanca leche como su amado Héctor.

Emanaba un resplandor entre rosado
y esmeralda de sus ojos azul Cancún.

Entonces, abrió la boca con brillo
labial (que *tampoco* está permitido):

Linda mochila de S-Mart, Alicia.
Me di la vuelta. *No me llamo…*

intenté decir, pero ella se fue
volando, riendo y siendo bella;

en su mochila iridiscente, una etiqueta
de Dillard's de cincuenta dólares.

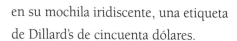

Treinta se encuentra con Chachita

Treinta entra a
El Colorín, la cara

como tomate viejo y orgulloso.
La cojera le hace arrastrar

un poco el tenis Converse
derecho, pero Treinta vuela

hacia Chachita,
en la caja registradora.

Chachita la saluda sin
verla porque tiene las

manos metidas en el delantal:
un agujero negro adonde van

a vivir los bolígrafos. Encuentra
su segundo preferido, de gel,

alza la vista, y esboza una sonrisa
mejor que la de Julia Roberts,

pero la cara se vuelve ceniza.
Las piernas ceden ante

la fuerza de la gravedad.
¡Chachita!, grito. *¿Qué*

le has hecho?, acuso a Treinta
mientras sostengo la cabeza

de Chachita en mi regazo. Treinta
se muerde las uñas, paralizada,

y abandona la "escena"
arrastrando los pies con torpeza,

hasta que sale corriendo, temblando,
por la puerta. Los segundos

parecen horas hasta que Papiringo
dice *Suelta, Anamaria,* me quita

a Chachita de las manos y
la lleva como una muñeca sin vida

hasta la cocina, donde el olor a
carne especiada la va a despertar.

El ducto

Mi mami camina sobre fuego y agua como si nada, pero Treinta la
ha derribado al suelo como a un papel. El ducto, que es por donde a
veces me llegan los chismes de los adultos, me explica por qué.

Papiringo	Chachita
¿Por qué te desmayaste?	
	Me desmayé porque…
	es difícil de explicar.
Inténtalo.	
	La mujer. Sus ojos…
¿El color?	
	Sí, pero es más que el gris.
	¿Recuerdas cuando Anamaria se
	ponía morada de bebé? Estaba
	muy enojada con el mundo
	porque yo tenía que dejarla para
	irme a trabajar antes de que
	abriéramos El Colorín. Hasta
	devolvía mi leche, ¿recuerdas?
Sí.	
Pero ¿qué pasa con la mujer?	
	Cuando Anamaria ya respiraba
	tranquila, y se parecía menos
	a una berenjena y más a una
	cereza, tenía los ojos muy

tristes y viejos. Yo me iba de
la habitación porque… era mi
culpa que ella ya supiera lo que
era perder. No…

¿No conseguir lo que quieres?

Sí. Y esta mujer, sus ojos… ¡no!
Todo su rostro parecía tener la
edad que aparentaba mi bebé en
ese entonces. Esa mujer, me dio
la sensación de ser una miga
reseca que le faltaba al pan de mi
corazón. Mi corazón culpable. Y
volví a irme, desmayándome. Me
fui de golpe, rápido.

El ducto se aclara la garganta.

Se me erizan los vellos del brazo como dientes de león color café.

Recuerdos de encontradas en periódicos

No dormí. Mis párpados se agitaban
pero no se cerraban al soñar con bebés

moradas, Treinta y hombres monstruo
que podrían tomarme de los pies y

llevarme. Pero no desaparecen solo niñas.
Mujeres también. Cada vello de mi cuerpo

montaba guardia pensando en Chachita
o yo siendo encontradas, allí

tiradas, a la vista de todos. *Encontradas.*
La palabra que significa *muertas.*

Supe esto hace dos años, cuando la
cara de Papiringo estaba tapada por

una cortina de *El diario* mientras comía
unos huevos. Decía: *Niña desaparecida en*

Mercado Cuahtémoc encontrada en zanja.
Mostraba: ella, no mucho mayor que yo, besando

la tierra, las plantas de los pies oscurecidas
por el sol, trasero borroneado. Toqué

el periódico para ver si era real.
Papiringo de pronto lo bajó de un golpe

contra la mesa, aplastando las yemas de
los huevos fritos y sin pegarle a mi

mano por un pelo. *No tengas miedo.*
Jamás va a pasarte nada, Anamaria.

Mi obligación es protegerte. Siempre.
Vivo por ti, dijo. Papiringo, cuyas

tarjetas de cumpleaños siempre decían
Te quiero y nada más. Sin ceremonia ni poesía.

El Papiringo que prefiere solo darte un abrazo
antes que decir algo cuando estás dolida.

Por eso fue que le agregué -ringo a Papi:
para darle más palabras a su nombre,

un extra. Por eso fue que sentí lo
contrario: *ten* miedo, algo *sí*

podría pasarte, *niña. Girl.* ¿Qué, por qué...?
¿a quién le importa? *Nunca* seas una encontrada.

Cuando mami se convirtió en Chachita

Mi mami obtuvo su apodo cuando yo tenía ocho. Una mujer en una telenovela dijo: *¡la chacha!* al descubrir que la mucama era su verdadera madre. Entonces, cuando vi a mi mami fregando con Ajax los platos sucios de huevos fritos, dije: *¡Qué bella chacha!* Los ojos se le encendieron como carbón, y (lo juro) el agua rompió en hervor. Me dijo: *Chacha es abreviatura de muchacha. Muchacha es como las personas maleducadas les dicen a las mujeres que limpian casas.* Un gemido como el de un perrito hambriento se escapó de mi pecho antes que las lágrimas. Ella se arrodilló para abrazarme: vacía de palabras malas. *Debemos respetarlas, a ellas, a mí, a cualquiera que haga esta ardua tarea,* dijo. *Mira, ¿qué tal si me dices Cha... chis?* Los ojos se volvieron de un cálido ámbar. *¡Guácala!,* dije, *¿Qué tal Cha... chita?* Había oído que los diminutivos eran cariñosos. Ella se acarició el mentón durante un largo segundo, después me mostró esa sonrisa suya con los dientes separados.

Pasan días fríos como paletas

El viento abofetea las ventanas de El Colorín con pequeñas navajas heladas. Suena la campanilla. La cojera de Treinta, tapada toscamente con su largo abrigo, es inconfundible. Corro hacia ella y la saco por la puerta de un empujón.

Yo: ¿*Qué* piensas que haces?
Treinta: Necesito verlos. [Le tiemblan la pierna buena y la mala]

Yo: No estarás hablando de mis papis.
Treinta: También son mis padres. Necesito disculparme. Explicarles.

Yo: ¿Explicarles qué? ¡Pensé que habías matado a Chachita!
[Caen lágrimas de enojo]
Treinta: No exageres. ¡Respira!

Yo: [Mocos por toda la nariz]
Treinta: Supongo que ahora no puedes, ¿eh? [Se ríe]

Yo: ¡Cuando Chachita se desmayó, la baldosa le podría haber partido el cráneo!
Treinta: Okey, Okey. Tienes razón. Lo siento.

Yo: Papiringo dice que hay que pensar antes de hablar, así que ¡piensa… mensa!
Treinta: Yo pienso. Mucho. En ti más que nada.

Yo: Yo *no* soy asunto tuyo.

Treinta: Sí que eres. Y sabes por qué.

Yo: Okey, hagamos de cuenta por un segundo que te creo.
Por menos de un segundo. ¿En qué piensas?

Treinta: *Sé* que no estás… bien.

Yo: Yo no soy la que cojea.

Treinta: Okey, sí, pero somos iguales. Por dentro.

Yo: *Ajá.* Entonces dime qué pasó. ¿Quieres que
yo también termine cojeando?

Treinta: ¡No! Pero *esa* perdiz no la voy a levantar hasta que…

Yo: *¿Por qué?* ¡Cuéntame ahora! Levanta la perdiz. La verdad.
¿Te tropezaste?

Treinta: No.

Yo: ¿Te caíste?

Treinta: No.

Yo: ¿Te… pateaste a ti misma de lo irritante que eres?

Treinta: Era irritante cuando tenía trece, pero no.

Yo: ¿Te…?

Treinta: No estás lista aún. Por ahora, solo *ámate a ti,* ¿sí?

Yo: Creo que te tropezaste, te caíste y te pateaste a ti misma.
Hay algo mal contigo.

Treinta: ¿Lo ves? No me escuchas.

Yo: Sí te escucho… eres rara.
Treinta: ¿Por qué?

Yo: ¿"*Solo ámate a ti*"?
Treinta: ¿Qué tiene de raro eso?

Yo: ¡Todo! Ámate a ti, *¿a quién?* Di-me por-qué co-je-as.
Treinta: Di-me por-qué no pue-des ser pa-cien-te.

Yo: Mi segundo nombre es paciencia.
Treinta: No tienes segundo nombre.

Yo: ¡Muchas personas no tienen! Nada más quiero saber *cómo* pasó. ¿Qué más tengo que saber para eso?
Treinta: ¡Cosas!

Yo: Eso sí que es superespecífico… *fantástico*.
Treinta: Lo que *no* es fantástico es que una chica esté tan triste como tú.

Yo: Pero ¡*no estoy* triste! ¡Ve a hablarle de tu amor raro al viento!

Qué podrá ser amarte a ti

Los científicos comienzan con una
pregunta para comprender los misterios

de la vida. En este caso: ¿qué es "amarte
a *ti*"? El siguiente paso es una hipótesis.

Una conjetura basada en lo que sabes
o estudias. En ninguna escuela, incluida

Sor, se estudian cosas raras dichas por
alguien como Treinta, quien jura que

viene del futuro. En fin, mi hipótesis
es la siguiente: amarte a ti me suena

a mirarte en el espejo y hacer
alguna de las siguientes cosas:

Guiñar el ojo y decir, *¡de nada, mundo!*
Chocar los cinco contigo misma. Sonreír.

Esto es lo que veo: ojos grises bajo párpados
caídos y tristes. Nariz larga, que apunta más

hacia abajo que arriba. Dientes derechos
y labios delgados. El pelo, rizado, pero

menos rizado cada día porque atrapo a los
rebeldes con Aqua Net en una coleta baja

tipo casco que uso dentro y fuera del
Sor. Hasta ahora, nada que al menos

me haga sonreír, aunque… ¡momento!
La parte de atrás de la cabeza, encima

de la nuca, tiene una curva que parece
una resbaladilla perfecta. Cuanto más

perciben mis dedos la forma, se me
pone la piel de gallina. Una tontería,

pero *amo* la parte de atrás de mi cabeza.
La conclusión que saco del misterio:

amarte a *ti* quizás signifique amar
al menos una parte de tu cuerpo.

Qué no es amarte a ti

Vi *Leyendas de pasión* con
Chachita el año pasado. Unos

caballos salvajes retumban como
trompetas que anuncian el regreso de

Brad Pitt, digo, de Tristan, a un rancho
de Montana. Oculta en el establo, la chica

lo observa, mordiéndose el labio. Iba a
casarse con el hermano menor de Tristan,

pero el alambre de púas y las
balas de la guerra se lo llevaron.

Sus ojos siempre habían transmitido un
amor tierno, prohibido, por Tristan. Nunca

será buen momento, pero igual se besan.
Se quedan pegados como goma de mascar.

Se vuelven pasas en aguas termales.
Pero eso no evita que el pensativo

Tristan haga las maletas. *Te esperaré
por siempre,* dice la chica. Ni miras

de Tristan. Durante años. Reaparecen
los caballos salvajes y Tristan, enmarcado

por laderas verdes. La chica se terminó
casando con el hermano mayor de Tristan.

La chica, como un fantasma precioso,
dice *por siempre fue demasiado.* Tristan

se casa y la chica se suicida.
(Chachita dijo: *es una película,*

pero está bien llorar, aunque yo solo
me sorbía la nariz). Amarte a ti

no puede ser eso, ¿verdad? ¿Más allá de
los origamis que hizo Tristan con el

corazón de ella, más allá de lo que ella
había perdido, más allá de su tristeza?

Sondeo de tristeza y felicidad con limas

¿Crees que estoy triste?, le pregunto a Chachita, aunque, al mejor estilo Chachita, ella esté haciendo más de tres cosas a la vez. *¿Estoy triste en el sentido que no estoy bien?*, vuelvo a preguntar, replicando a Treinta. *¿Te sientes enferma?*, pregunta Chachita, frustrada por el tercer limón que le piden cortar para la mesa cinco. Culpa de ella, en realidad: les vende a todos la *Diet Coke* con lima como si fuera lo mejor que le pasó a este mundo desde el pan rebanado. *No, enferma no, pero podría ser más feliz. ¿Qué es la felicidad, mami?*, pregunto. *¿No eres feliz, mi niña?*, pregunta Chachita, deteniendo sus brazos de pulpo. *¡Limas, por favor!*, exige alguien. *Sí soy feliz,* mi corazón suelta una respuesta cual reloj. *¿Segura?*, pregunta Chachita, sin moverse. *Sí, segura. ¡Ahora ve!*, digo yo. Ella va. Tomo una lima pequeña y pienso en mis preguntas como si fueran verdes, ácidas y redondas.

Tabla periódica

El profesor López Austin enseña ciencias, pero
antes era dentista. Ese es el rumor que corrió

Alexa, al menos. Pero ¿por qué cambió de oficio?
¿Empezó a desconfiar en las muelas de juicio?

¿Se le quebrantó el espíritu buscando dulces
podridos? ¿Y qué tal eso de que casi todo

el mundo te tenga miedo? No lo sé, pero *así*
es él ahora: un doble de Homero Simpson

con gafas negras y la personalidad de un
sargento que no habla. *¡Nadie* se espera

que un hombre rechoncho y tranquilo con tres
pelos en la cabeza te castigue todas las semanas

con exámenes orales y proyectos disparatados!
Su imaginación para el tormento no tiene límites:

Réplicas de masa de *toda* la flora y la fauna
de México. Modelos realistas del ciclo del

agua. Hormigueros y cruzas de plantas exóticas.
Pero el último se lleva el premio: *construyan una*

tabla periódica en 3D para estudiar la química
y la vida. Para dentro de una semana. El segundero

del reloj va a la par del latido de nuestro corazón.
También hay frentes brillosas, gritos ahogados

disimulados y sueños de un aviso normal con dos
semanas de anticipación. *¡C, H, O, N: carbono,*

hidrógeno, oxígeno y nitrógeno! Los
elementos químicos de la vida, el profesor

López Austin rompe el silencio, inmutable.
Pero *¿quién* podrá hacer esto en siete días?

Anamaneadita

La tabla periódica es hermosa, dice el profesor López Austin, casi con un suspiro. Explica los ochenta y ocho elementos químicos amontonados en casilleros. Si se pasa el dedo por las filas, se van poniendo gordos. Si se recorren las columnas, consiguen familias, es decir que un grupo de elementos se comporta igual. Esto me recuerda a mi familia. Chachita escribe unas tarjetas de cumpleaños y San Valentín bellísimas. Yo soy como ella, o lo era cuando escribía. Pero no puede hacer modelos para la escuela. Lo manual es el talento de Papiringo. Yo no soy para nada como él en ese sentido. Ni siquiera puedo armar los juguetitos del huevo Kinder. Una tabla periódica hecha por Anamaria sería una pesadilla y una mala calificación, así que le pido ayuda a Papiringo. Él dice, guiñando un ojo, *sí, el fin de semana, Anamaneadita* (Anamaria chiquita de manos inútiles).

Carbón y espíritus viejos

Papiringo y yo nos parecemos en esto:
dejamos que los sentimientos humeen como

carne al calor hasta que se vuelven carbón.
Recuerdo que me dieron una estrellita azul

en lugar de dorada por la gallina que dibujé
en el preescolar, o sea que *no* era perfecta.

A los cinco, eso dolió como si hubiera
comido vidrio. Ahí fue cuando escribí

mi primer poema: *Odio las gallinas azules, fin.*
Ahí también fue cuando supe que era distinta

a casi todos los niños. A ellos les importaban
las escondidas, la siesta y que nadie les pusiera

mocos en la comida o el pelo. Después de eso
yo los miraba como si fueran extraterrestres

dentro de un globo de nieve: siempre cerca,
pero siempre lejos. Aún es así. ¿Es raro pensar

que nací vieja de espíritu? Chachita le
dijo eso a Papiringo en el ducto.

Pero nadie más sabe de este carbón que
cargo, jamás revelado y negro, en el pecho.

Pepinoenvidia

Los días se consumen hasta que llega
el jueves. Chachita silba mientras

corta pepinos para la barra de ensaladas.
¡Ay!, dice, y se lleva el dedo a la boca.

Se esfuerza mucho por ser hábil.
¿Sabes qué necesitará tu papi que

compremos para hacer tu tabla?
me pregunta. No lo sé. En la cocina veo

a Papiringo cortando carne como si
cortara seda. Cuando arma cosas

imposibles para mí, mi función es
alcanzarle todo lo que necesite.

¿Necesitarás… pegamento?, le pregunto.
¡Güero de mi vida!, dice en referencia a

Jesús (el hijo de Dios). *¡No puedo! Me olvidé de*
que José (su ayudante, no el papá mortal de Jesús)

no viene este fin de semana! No puedo hablar,
así que vuelvo corriendo adonde Chachita sigue

cortando pepinos. Los envidio: la piel
tan fresca. La vida tan calma.

Todo de Cartón

Mis manos tiemblan al llamar a Pipina.
Se había olvidado por completo
de la tarea de la tabla periódica.
Eso no me sorprende. Tortura:
el silencio entre mis suspiros
y ella que se traga una Capri
Sun. *¡Espera! Te llamo en un rato,*
dice, y corta. Me rasco los
nudillos. ¿Será esta la primera tarea
de mi vida que no entregue?
¡Riiin! Todo de Cartón nos la va
a hacer, dice Pipina.
¿Qué es eso de Todo de Cartón?
pregunto. *Una tienda a la que*
a veces va mi mamá. ¡Te pasamos a
buscar antes de que cierren!
dice en pleno subidón de azúcar.

Paraíso de cartón

Chachita dice que no debería pedir
que alguien me haga las cosas si tengo

a un papi como el mío, pero ruego y digo
¡por favor! hasta que afloja y me entrega

un billete arrugado de la caja registradora.
Todo de Cartón está cerca de El Colorín,

y cuando entramos, entramos en un
paraíso de cartón. Decoraciones para

mesas, marcos de fotos, juguetes,
carteles hechos de cartón cubren cada

mostrador y pared. *¿Vinieron por la
tabla periódica del Sor?* Una mujer

bajita de voz alta nos asusta cuando
emerge de su mundo de papel

café. *¿Sí?*, decimos Pipina y yo,
temiendo que sea una espía del Sor.

*Recibimos muchos pedidos en las últimas
horas. ¡Qué intensa esa escuela!*, dice.

Pipina y yo nos miramos entre nosotras:
¡goodbye pánico, hello salvación!

Zas

El cuchillo
que corta los pepinos

brilla en
mis sueños.

Voy sigilosa, con
miedo, pero queriendo

que su *zas*
me abra

las muñecas.
El mango

es negro
pero brilla

como oro.
Toco

los dientes
filosos. Digo

ya no te preocupes,
apretando la punta

contra mis muñecas.

Despierto, sin aliento.

Cuaderno en blanco

¿Y si Todo de Cartón es un fiasco? pienso mientras veo cómo los días más cálidos y polvorientos de marzo borran la vista desde la cafetería del Sr. Yeyé. Tengo las axilas mojadas. *Cualquier* mínimo de calor me hace sudar. Ningún desodorante sirve. Treinta entra cojeando después de unas semanas sin verla.

Treinta: Hola, Sr. Yeyé. Hola, tú. ¿Has pensado en lo que dije?
Yo: No. No me distraigas más, por favor.

Treinta: ¿De qué? ¿De esa cosa de la tabla periódica?
Yo: No es una *cosa*. Es hermosa.

Treinta: Sí, claro. [Tos falsa] La tienda de cartón la hará bien. ¡Relájate!
Yo: ¿Que me relaje? Me estás haciendo soñar estupideces.

Treinta: ¿Como cortarte las muñecas con el cuchillo para pepinos?
Yo: ¿Cómo…?

Treinta: Soy tú. Conozco tu mente, y fue la primera vez que soñamos algo para…
Yo: ¿Para qué?

Treinta: Para poner fin a nuestro miedo al fracaso. A nuestra obsesión con la escuela.
Yo: ¿Y qué quieres que haga? ¿Qué abandone Sor?

Treinta: Sí, exacto. No eres tus calificaciones.

Eres el amor que das y…

Yo: ¿Que recibo? ¡Uf! ¡Qué cursi debe de ser tu poesía!

Treinta: Mira, habla con Chachita y Papiringo.

Yo: ¡Siempre hablo con ellos!

Treinta: De esto no. ¡Cuando entiendan que no estás bien,

te sacarán enseguida del Sor!

Yo: ¡Sor es la mejor escuela de Ciudad Juárez!

Mis papis trabajan mucho para pagarla. Me…

Treinta: ¿Te *gusta* ir ahí? ¿De verdad? Eso es mentira, y lo sabes.

Yo: *Sí* me gusta. Me gusta la competencia. Me gusta que me desafíen.

No lo entenderías.

Treinta: Claro que lo entiendo. ¡Somos la misma persona!

Yo: ¿Entonces por qué eres poeta y no médica?

Treinta: Porque… ¿y eso qué tiene que ver?

Yo: ¡Todo! Yo no cojeo. Tú sí. Yo seré médica. Tú no.

¿Entonces?

Treinta: Empecé a estudiar Medicina. Ahí lo tienes.

¿Ahora me crees?

Yo: ¿Y qué pasó?

Treinta: Era… incorrecto. Se me paralizó la cabeza. La poesía…
Yo: Quizás era incorrecto para *ti*.

Treinta: ¿Me dejas terminar? La poesía me salvó.
Yo: Sí, claro. [Devuelvo la tos falsa]

Treinta: ¿Por qué has dejado de escribir?
¿Ya estás muy grande para *eso*?
Yo: Quizás, y no tengo tiempo para
esas cosas.

Treinta: Recuerdo esa excusa. Por eso te compré esto.
[Alza un cuaderno en blanco]
Yo: Gracias, pero no. Ya no hago eso.

Treinta: [Apoya con un golpe el cuaderno de marmolado blanco y
negro sobre la mesa y se marcha]
Yo: ¡Oye, llévate esta cosa!

Un poema malo

Con los ojos cerrados, mascullo elementos químicos como si orara.
La mesa está tapada de tarjetas de notas. *Descansa un rato*, ladra
Chachita, me asusta y se guarda todas las tarjetas en el delantal. La
ira burbujea en mis mejillas hasta que veo que no se ha llevado
la mochila. Adentro, espera el inocente cuaderno en blanco.

C, H, O, N, chon, como
un calzón, llevamos
el carbono, el hidró-
geno, el oxígeno
en las células y el corazón...
(Terrible)

12, 1, 14, 16:
así de gordos
sus átomos están.
El átomo es la materia
más minúscula que hay.
(Horrible)

Hay carbono en lápices
y diamantes por igual.
El hidrógeno y el oxígeno
componen el agua: 2H
1O. El nitrógeno está
en la... ¿caca animal?

(Asqueroso)

La vida no es un poema, la vida
es química. El disco de Treinta
está rayado. La canción de Treinta está...
(Mal)

Tragedia de cartón

Llega el lunes, y casi todo el séptimo grado del Sor
      aparece en el salón con la misma tabla
periódica. El monitor que está en la puerta metálica
      y toma nota de quién "respeta" la campana
de las 8:00 nos observa. La directora Martínez está
      de brazos cruzados y labios fruncidos. Siento
vergüenza como nunca en la vida: hice trampa y
      todos lo saben. Esperamos en el patio
para enfrentar al profesor López Austin. El aire pesa
      como acero y rocas sobre mis hombros.
Margarita entra a las 7:58. Generalmente, eso
      vale un sermón del monitor o de la directora
(quien esté más cerca). Pero esta vez, oímos
      un fuerte *Por eso siempre ocupas el primer*
lugar de parte de la directora. Margarita viene
      hacia mí, cargando una caja grande de zapatos
con tres dedos vendados con banditas. Abre la
      tapa y me muestra el interior: unas cajas
de fósforos vacías pegadas con silicona albergan sus
      elementos químicos. Me pregunta si puede ver
la mía. Trago saliva cuando ella advierte que es una
      copia más. *Qué bien pagarle a alguien para*
que haga tu trabajo. No sé si deberíamos seguir
      siendo amigas, dice. Me quedo parpadeando.
¿Cómo es que esto está pasando? Pipina me sobresalta
      y me trae de vuelta a la realidad al gritar: *Así*

que te salvó Todo de Cartón, ¿no?, sin ver a Margarita
y sus ojos y piel ardientes.

Priscila hace un pastel

Reírme es lo último que quiero hacer, pero hasta yo me quiebro cuando Priscila pasa al frente de la clase cargando algo que parece otra tabla periódica más comprada en una tienda. Después, abre la tapa: ¡la tabla periódica está hecha de pastel! Un glaseado azul marca las columnas y las filas, y un glaseado negro traza los símbolos de los elementos. Pero eso no es lo gracioso: el azúcar ha empezado a derretirse, así que, cuando corta una porción para cada uno, es un lío. Héctor empeora las cosas cuando grita: *¡Puaj, un pelo!* Me entero de que el pastel es de La Rosa de Oro, una cadena de panaderías que pertenece a su familia. Probablemente ella sea rica, pero no ha comprado su calificación: 95. No 80, como nosotros, los tramposos de Todo de Cartón.

México lindo e imposible

Le cuento a Pipina lo que dijo Margarita
en el recreo. Ella nomás me ofrece

un Twizzler. Combato la goma dulce
con dientes furiosos y pienso en el

mundo de Pipina, lleno de opciones. El dinero
logra eso. Por eso nunca nos entenderá

a Margarita y a mí, y por eso lo que
me dijo duele. Las buenas calificaciones

no significan nada para ella. Mientras
mastique azúcar y haga dibujitos está

todo bien. Eso hace ella en lugar de
prestar atención en clase. Los márgenes

de sus cuadernos están llenos de ojos,
mariposas o lo que sea que esté imaginando.

Recuerdo el día en que Margarita y yo
visitamos a Pipina: un guardia de seguridad

nos preguntó el nombre y escribió
el número de placa de Chachita antes

de abrir la verja dorada del vecindario. Los
arbustos que flanqueaban la puerta de roble

y vidrio tenían forma de helado. El vestíbulo
brillaba con lámparas de cristal de Murano.

Esto lo sé porque Chachita tiene *México
lindo,* un libro que muestra casas de ricos con

cosas demasiado bellas e imposibles de tener
para nosotros. Pero allí estaba yo, comiendo *con*

y *sobre* lo imposible cuando Pipina nos mostró
cómo usar servilletas de tela con monograma,

planchadas a la perfección para combatir manchas
y salpicaduras de la divina sopa de chile verde

de Laurita, la cocinera. Margarita miró a Pipina,
las mejillas redondas de color vino. *¿Qué?,* dijo

Pipina. Se me cayó la cuchara en la sopa,
y me salpiqué la ropa de verde. *¡Lo ves!*

dijo Pipina, riéndose. *¡Por favor, no me enseñes
modales, pobre niña rica!,* dijo Margarita

y se marchó. *¡Tierra llamando a Anamaria!*
dice Pipina. Vuelvo al presente. *¿Acaso te*

importa Laurita?, digo. *¿Alguna vez piensas*
en cómo será su vida? Lo dudo. ¡No eres

más que una pobre niña rica que dibuja!

Después de la escuela en El Colorín

La tarea no me ayuda a olvidarme de Pipina y Margarita.
Tomo el Cuaderno. Cierro los ojos y respiro. Una imagen se
reproduce una y otra vez en mi mente.

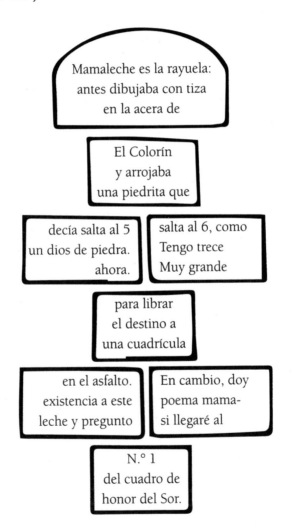

Mamaleche es la rayuela:
antes dibujaba con tiza
en la acera de

El Colorín
y arrojaba
una piedrita que

decía salta al 5
un dios de piedra.
ahora.

salta al 6, como
Tengo trece
Muy grande

para librar
el destino a
una cuadrícula

en el asfalto.
existencia a este
leche y pregunto

En cambio, doy
poema mama-
si llegaré al

N.º 1
del cuadro de
honor del Sor.

Como una sirena

El Cuaderno me llama. Esta vez no cierro los ojos.
Solo miro alrededor.

El Colorín
es un pinzón de colores.
El Colorín
es el nombre de la taquería de mis papis.
El Colorín
es Chachita rezando Padres
Nuestros, revolviendo salsa.
El Colorín
es Papiringo maniobrando planchas
calientes como chisel
on lukewarm stone.
El Colorín
es veinte mesas de madera, pisos
de cemento descolorido, una
"hora pico del almuerzo"
de 12 a 7.
El Colorín es mi segundo hogar.

Poesía/poetry

Pienso en el juego entre el español y el inglés en la poesía. *Chisel on lukewarm stone* versus *cincel en piedra tibia*. Los sonidos me hacen cosquillas en los oídos casi de la misma manera, pero *tiene* que estar en español. ¿Por qué? No lo sé. Mi lengua materna es el español, y he aprendido inglés desde el jardín de infantes. A ambas las siento bien en la lengua. ¿Los poemas-poemas pueden hacer eso? Si no, *¿quién* escribe las reglas de la poesía? ¿Los poetas-poetas? ¿Quiénes son? ¿Aceptan llamadas? ¿Cómo es que se ven? ¿Quizás un poco o mucho como... yo? Solo sé que sin español y *también* inglés, mis poemas serían como la bandera mexicana sin el águila. Como una bandera estadounidense sin estrellas. Como huevos sin sal. ¿Y a quién le gustan los saltless eggs? ¡Absolutely a *nadie*!

¿Madre mala = hija mala?

Chachita se acerca a mi mesa/escritorio
en medio de una pausa en la hora pico

de la cena. Lee mi poema de Colorín
y lo llama a Papiringo. *¡Guau! Eso*

no lo sacaste de mí, dice él.
¿Quizás un poco de mí?, dice Chachita,

con orgullo. Les brillan los ojos más
que cuando ven mi boletín mensual

del Sor. No sé por qué. No es más que
un poema. *¡Servicio, señora!*, exclama

una mujer. Papiringo se va. Chachita va
como pato hacia ella. Ir como pato quiere

decir que en cada paso que da, los dedos
apuntan bien hacia afuera para que los

pies planos le duelan menos (eso dice ella).
Es que no quiere gastar en calzado especial.

No puedo ver a la mujer, ni con quién
está, pero le habla a Chachita con voz

muy fuerte. Maldigo por lo bajo.
El lema de Chachita debe de estar

en su cara sonriente: *todos* los clientes
siempre tienen la razón por más que *no*.

Cuando se va a la cocina, lanzo un grito
ahogado: es Alexa dentro de veinte años,

igual de bella, igual de mala. La Alexa teen
está encorvada, y mirándose los pulgares

pintados con Hard Candy. Parece asustada o
triste. Su mirada pálida percibe la mía en alerta.

Madre, esa chica me está mirando, dice
Alexa, fingiendo que no me conoce. *Alexandra*

Anastacia, no le hagas caso. ¡Solo está celosa!
responde su mamá. Alexa sonríe. *Pero sigue*

comiendo como comes, cerdita, y ella
no tendrá nada de que estar celosa,

dice su madre, enterrando la sonrisa de Alexa,
y sus ojos azules, por debajo del suelo.

Mugre y uña

Priscila Palacios Allende no es solo el
minion cohibido de otra chica. También

roba mejores amigas. Priscila llegó al Sor
en quinto grado, dos años después que yo.

Cuando la maestra le dijo, *preséntate*,
ella inspiró hondo, pero lo único que

le salió fue un chillido. Se puso colorada,
bien roja. El pelo cobrizo encrespado se le

encrespó aún más. Las lentes fondo de botella se
le empañaron de vergüenza. Luego sonrió,

pero frijoles o mantequilla de maní le cubrían
parte de los dientes. Todos rieron. Priscila se

quedó muda el resto del año. Desde entonces,
solo le ha susurrado cosas a Alexa al oído.

Por eso es que ahora, cuando su risa retumba
contra los altos muros del Sor en el recreo,

todos la miran. Alexa *no es* graciosa. Ni
siquiera está junto a ella. Es Pipina. Una semana

de silencio ha pasado entre nosotras, pero ha
encontrado otra mugre para meterse en las uñas.

Zas zas

Ahí va. *¡Ahh!*
voy yo. La funda

está empapada
de miedo

cuando me
despierto de

un sueño
en el que un cuchillo

filoso apretado
contra mi cuello

me amenazaba
la vida. Miro

alrededor para
encontrar su

mirada de acero.
Hasta miro

debajo de la cama.
Perder amigas

puede hacerte
soñar eso, ¿no?

Un dolor de cabeza llamado Treinta

Cuando el gentío de El Colorín me jala los nervios crispados como hilos, tomo el Cuaderno y voy a lo del Sr. Yeyé. Treinta está allí, mojando marranitos en café de olla. Intento esconder el Cuaderno.

Treinta: ¿Quieres?
Yo: No, gracias. No me gustan los marranitos.

Treinta: *Todavía*. Has estado escribiendo. ¿Me muestras?
Yo: No.

Treinta: ¡Vamos! ¿Por qué no?
Yo: No quiero y… no me sale bien.

Treinta: ¿Según quién? Muéstrame.
Yo: Okey, toma. [Dejo caer el Cuaderno en sus manos]

Treinta: [Gesticula las palabras en silencio]
Yo: ¿Y?

Treinta: Y me alegra que estés escribiendo. Yo tenía veinticinco cuando volví a empezar.
Yo: ¿Por qué no dices que son malos y ya?

Treinta: No son malos, en especial el de mamaleche. Pero los poemas tienen que *ser*. Con eso alcanza.
Yo: *Otra* vez con cosas raras.

Treinta: No importa. Necesitamos hablar de las chicas.

Yo: ¿Qué chicas? ¡Estamos hablando de mis poemas!

Treinta: Las chicas a las que se llevaron y encontraron.
¿Cómo te hace sentir eso?

Yo: Horrible. ¿Qué otra cosa esperas que sienta?
No estoy hecha de piedra.

Treinta: Creo que lo que quería decir es: ¿tienes miedo?

Yo: No. Sí. Digo…

Treinta: Yo también tenía miedo.

Yo: ¿Sí?

Treinta: Sigo con miedo. Me preocupo por ti. Por todas las chicas.

Yo: Sé que mis papis tienen miedo.

Treinta: Papiringo y Chachita te van a cuidar. El Sr. Yeyé también.
¿Sabes por qué?

Yo: No, y no sé qué tiene que ver eso con esto.

Treinta: Pregúntale.

Yo: No le voy a preguntar. Eso es *rarísimo*.

Treinta: Está bien. ¿Cómo te va con lo de amarte *a ti?*

Yo: ¿Tenemos que pasar de una cosa a la otra tan rápido?
Me estás haciendo doler la cabeza.

Treinta: Eso no es por mí. Es por no dormir bien por culpa de los sueños.

Yo: Yo diría sueños mortales. ¡Espera! ¿Cómo…?

Treinta: Esta es la segunda vez, Anamaria, pero podría ser la última si…

Yo: ¿*Si* me voy del Sor? Ni modo. ¿*Si* me amo a mí y escribo poesía? Ninguna funcionará.

Treinta: Eso es porque aún no sabes qué significa amarte a ti.

Yo: ¡Entonces dímelo! A mí lo único que se me ha ocurrido es qué *podría* ser y qué *no*.

Treinta: Por algo se empieza. Ahora intenta *esto*: paz para Pipina, una oportunidad para Priscila y un llamado a Margarita.

Sorbe lo que queda del café, se termina el marranito de un solo bocado y se marcha.

Acróstico de disculpa

Ni paz ni oportunidad, pero ¿el llamado a Margarita? Quiero.
Pero ¿cómo le explico mi error de Todo de Cartón? Siento que me
hierve la cabeza, hasta que tomo el Cuaderno.

Margarita: encontramos
una daisy en tu nombre durante
el recreo, hace dos años. La maestra
G, de Inglés, dijo:
"una chica lista, y también una
daisy". Ridículo, pensamos, pero
¡sí! ¡Margarita = daisy!
¿Aceptarías a esta chica NO
rica de vuelta?
Anamaria.
XOXO

Chica pegada

¡Lo logramos!, grita Chachita. ¿Qué logramos?
          pienso, viendo a Chachita burbujear como
una Coca-Cola recién abierta. Me muestra un
          anuncio en *El diario: Feria Juárez 1999*
con la montaña rusa El Cucuy, el barco pirata
          de Pancho Villa, la Caída del Infarto y
la rueda de la fortuna. Invitados especiales, solo
          por un día: Los Voladores de Papantla.
¡Véalos hacer su vuelo místico! Pero siempre vamos
          a la feria, pienso. *El Colorín lo logró:*
conseguimos un puesto, chiquito, pero puesto
          al fin, dice Chachita, zumbando como
un mosquito. *Ah*, digo, desilusionada, porque
          voy a estar pegada a ese "puesto". *Hija,*
esto significa dinero, publicidad. ¡Sonríe!, ruega
          Chachita. Le sonrío a lo Mona Lisa.
¡Igual vas a poder ir a la rueda de la fortuna!
          Ella se ríe. Yo no. Le he tenido miedo
a esa cosa de metal que se mueve desde que tuve
          que gritar para poder bajar de pequeña.
¿Y Los Voladores de Papantla? ¡Nunca los has
          visto!, dice Chachita. Cierto, solo he oído
hablar de ellos, pero ¿acaso voy a tener que verlos
          con binoculares desde donde esté ese puesto?
Me voy a mi cuarto. Ser una chica en Ciudad Juárez
          es horrible: *nunca* puedo ir sola a ningún sitio.

Mi plan de feria

Me lleva una semana,
pero es oro: 1. Invitar

a Margarita (si me vuelve
a aceptar) 2. Ir de la mano (como

niñitas, uf) 3. Comprar
silbatos y gas pimienta

(una mujer los necesita, leí
en algún lado) 4. No hablar

con nadie (salvo entre
nosotras) 5. No mirar

a nadie (salvo a los
voladores).

Les lleva exactamente
un minuto a Chachita

y Papiringo decir *¡no!*
sin ninguna explicación, y

sin ningún elogio
para el ingenioso plan

de su hija machetera
y sin amigas.

Escape del El Colorín Miniatura

El humo que sale de la plancha del puesto de El Colorín en la feria es denso y negro. Toso en mi rincón asignado, mientras como tostadas. Chachita ha bautizado a la tienda calurosa "El Colorín Miniatura". Incluso mandó a hacer camisetas: tie-dye, con un pájaro que no es un pinzón en la espalda, que dan comezón y llevan una publicidad, "Los mejores tacos de Juárez", escrita en el frente con una fuente espantosa. Pero la fila de personas que esperan para comprar nunca baja de diez, así que más allá de las camisetas feas, somos un éxito. *¿Quieres unos taquitos de puerco adobado?,* pregunta Papiringo, con la cabeza calva brillante. Yo me enfurruño, tosiendo, niego con la cabeza. *¿Quieres salir de aquí?,* pregunta el Sr. Yeyé, sobresaltándome. *Sorpresa,* dice Chachita. Ya estoy de pie, quitándome del regazo los restos de patatas fritas. *¡No te sueltes de la mano!,* dice ella, ya es un eco.

Los Voladores de Papantla interrumpidos

Vamos dos veces al barco de Pancho Villa
y compramos chilindrinas: un colchón plano

y abultado de harina con col, cueritos de
cerdo, pepinos y salsa Valentina. Vemos

el largo poste de madera antes de ver a
los voladores de Papantla: trepan, con calma,

en sincronía. Luego un volador toca la flauta para
armonizar el vuelo de los demás. Solo una cuerda

sujeta las cinturas al poste. Solo el valor y el
orgullo pueden hacerlos arriesgar la vida así.

Pienso en el cuadro de honor y en que
debo trepar para estar arriba con ellos:

Margarita y Héctor. Quiero volar.
Los ojos de un hombre extraño me

desconectan de todo vuelo. Sonríe.
Miro alrededor. Me mira a mí. Aprieto

la mano del Sr. Yeyé. *¿Nos vamos?*, pregunto.
Miedo, ya lo he sentido por la tinta de *El Diario*.

No por una cara a tan solo unos metros de mí.

Zas y corre

Esta vez
el sueño

mortal
es el hombre

de la feria
con un cuchillo

en mi cuello.
Zas, hace,

y yo corro,
sangrando,

mientras
los voladores

de Papantla
cantan *run*

niña, corre.
Al despertar,

mi pijama
y la funda

son un charco
de sudor.

Chica shhh

Hago *shhh* sobre los *zas* de mis sueños.
Chachita y Papiringo ya sienten bastante

miedo por mí. *El Diario* está solo,
abierto en la mesa de la cocina donde

Papiringo lo estaba leyendo antes de
tener que irse para abrir El Colorín.

No hay ninguna chica en la primera plana,
pero con solo pasar unas páginas encuentro

la noticia de la última "víctima de femicidio
de Ciudad Juárez". No sé qué significa

"femicidio", pero suena muy parecido
a "homicidio", que significa asesinato.

¡No leas eso!, espeta Chachita. *¿Qué es
"femicidio"?*, pregunto. *Es cuando una chica*

*o mujer… muere. No te preocupes por
eso*, dice, tocándome la mejilla. *Querrás*

*decir es asesinada. Y yo soy una chica. ¿No
debería preocuparme?*, grito, aparto su mano

como una mosca de mi cara enardecida.

Sobrina encontrada

Cuando llegamos a El Colorín, voy corriendo a la cafetería del Sr. Yeyé. Me recibe su espalda cuando ingreso. Golpeo el mostrador de vidrio para saludarlo y pido un marranito. Quizás Treinta tenga razón sobre el pan de jengibre con forma de cerdo. *Sr. Yeyé, ¿por qué me quiere?*, pregunto, arrancando de un mordisco el hocico del cerdo. Él dice que porque soy *grrrriquísima*, como el tigre de las Zucaritas. Sonrío apenas, acostumbrada a que diga eso. *Hablo en serio, ni siquiera somos parientes*, digo, masticando el hocico sorprendentemente delicioso. Sr. Yeyé se funde en una silla, deshuesado. Dejo de comer y me acerco a él. *Mi sobrina*, dice, perdido en un lugar que nunca había visto en su rostro. Después de un denso minuto, dice que le recuerdo a su sobrina, que desapareció cuando tenía dieciocho. La encontraron muerta hace años. *Cuánto lo siento, Sr. Yeyé*, digo, ya sin el sabor dulce del marranito.

Papiringo habla de chicos

De vuelta en El Colorín, encuentro a Papiringo
marinando cerdo en salsa de adobo.
¿Te ayudo?, digo, aunque el único lugar en
el que ayudo es el comedor.
¿Qué pasa?, pregunta él, frunciendo el ceño.
*La sobrina del Sr. Yeyé. Todas las
chicas y mujeres muertas de Ciudad Juárez.*
¿Por qué pasa esto?, digo mirándolo.
Papiringo suspira y se frota la cabeza calva
y enrojecida. *No... no lo sé. ¿Puedo...
decir algo más? Los chicos. Los hombres.*
*No todos somos buenos. No todos
somos malos. Pero debes tener cuidado antes
de amar a uno. Debes conocerlo
bien. Y dejarme conocerlo también*, dice,
la cara sudada. *¿Papi?*, digo.
Huelo su miedo como huelo el cerdo crudo.
*Gracias. Por intentar hablar de esto
conmigo*, digo, abrazándole la panza redonda
con delantal. Las tripas le trinan.

Rezo un poema

Jesús:
Tú eres
como Treinta.
Creo y no
creo en ti.
Más allá de las contadas ocasiones en que mis papis me
obligan a ir a la iglesia. Pero conozco tu sagrado corazón
por los adornos que venden en el Mercado Cuauhtémoc.
Jesús:
Quiero romper
el hielo: en
inglés, el
nombre de
tu padre escrito al revés es dog, perro. Pero si eres tan real como el
"güero" al que le reza Papiringo, como en las películas en las que
salvas al mundo, ¿no podrías haber salvado a las chicas muertas,
o al menos a la sobrina del Sr. Yeyé? Si no, ¿podría invocarla…
a laVirgen de Guadalupe? Chachita dice que es la madre de todo
México (pensé que era un tarahumara o azteca, pero Chachita
dice que la historia no es lo mismo que la fe). He oído a
Chachita rezarles a ella y a ti. Dice que yo también
podría si no pensara tanto. Pero no puedo.
No soy así, entonces: Dios, Virgen, tomen
este poema a modo de oración.
Sálvennos a las chicas.
Salven a Ciudad
Juárez.

Mi hogar

"Ciudad Juárez es
la frontera más fabulosa
y bella del mundo", canta Juan
Gabriel, nuestro dulce príncipe
del canto al amor fronterizo.
Siento su letra en mis huesos.
Más allá de las muertes,
el miedo y los baches, veo
a mi ciudad como una ella,
una segunda mami: diez
vueltas de trenzas negras
en la morena cabeza. Arrugas
como flores brotan de sus
ojos de desierto y cemento.
Su corazón está trinchado
por nidos de cactus, donde
los juarenses comemos
los nopales que le crecen
cual senos henchidos. Yo
jamás podría escupir su
leche porque me alimenta
cada día, porque ella
es mi amado hogar.

¿Papá robot = chica mala?

¿Cactus? ¿Senos? ¿Leche? ¡Puaj!
¿Qué clase de poema es este?, Alexa

levanta mi Cuaderno por la hoja,
rasgando una parte. Me sorprende

que sepa qué es un poema. Volvió
a El Colorín, pero esta vez con quien

parece ser su papá. *¿Necesitas unas*
tostadas y salsa?, pregunto, pensando

que aquí ella es clienta, y siempre tiene la
razón, por más que no. *¡No! ¡La última vez*

que comí salsa aquí, me dio diarrea!, gritó para
que todo el mundo la oyera. *Alexa. Estoy*

trabajando. Silencio, dice el hombre, mirando
unos papeles sobre la mesa. *¡Mi pobre pupi!*

Se encarga de un montón de maquiladoras.
Ese sí es un trabajo de verdad, no este, dice

Alexa, mirando nuestra taquería como si
fuera una cucaracha. Entonces mis modales

salen volando por la ventana. *¿Ah, sí?*
Al menos mi mami no me odia, digo tan

fuerte que todos allí, salvo su papá,
nos miran. *Papi, la chica me está*

molestando. ¡Haz algo!, dice Alexa, jalándole
el traje. *Ya te dije: tra-ba-jan-do. Silencio.*

Cómete la comida cuando llegue, responde
su padre. Alexa queda roja como remolacha.

Toma mi Cuaderno y lo arroja en el
cesto de basura junto a la barra de salsas.

Los ojos se me ponen de todos los
colores del arcoíris, y siento algo

como el Hulk que me sale del cuerpo
adolescente. Aprieto tanto los puños que las

uñas me lastiman las palmas. *Anamaria, ¿qué*
pasa aquí?, pregunta Chachita, tocándome

el hombro. *Lo que pasa aquí, señora,*
es que su hija nos está molestando

a mi papi y a mí, dice Alexa. ¿Es cierto eso,
hija?, pregunta Chachita, mirándome. Me

quito su mano de encima y corro a lo del
Sr. Yeyé, olvidando rescatar el Cuaderno

de su destino empapado de salsa y verduras.

Treinta intenta hablar de chicos

El Sr. Yeyé me pregunta qué pasa cuando reviento la puerta contra la pared al entrar. Me acerco a él y lo abrazo, empapándole el delantal de mezclilla con mis lágrimas. Alguien entra en la cafetería.

Treinta: ¿Buscabas esto?
Yo: ¡Dé… me en p…!

Treinta: Dale un descanso al Sr. Yeyé. Cuéntame a mí.
Yo: [Libero mi cara del delantal del Sr. Yeyé]
Déjame en paz, dije.

Treinta: Y *yo* dije: ¿buscabas *esto*?
Yo: ¡Qué!

Treinta: [Alza mi Cuaderno]
Yo: [Corro a buscarlo; ¡no se manchó nada!]

Treinta: Vi todo desde una mesa en un rincón.
Yo: ¡Gracias, gracias!

Treinta: ¿Qué pasó? No recuerdo que Alexa fuera tan mala.
Yo: No me importa lo que recuerdes. ¡Es malísima!

Treinta: Tú tampoco la trataste muy bien.
Yo: Lo intenté, pero es… ¡malvada!

Treinta: ¡Ey! No es malvada. Solo está triste.
Yo: ¿Qué? ¿Triste como yo?

Treinta: Quizás. No la conozco mucho, pero vi a su padre…
Yo: ¿Por qué la defiendes?

Treinta: Porque las chicas "malas" hacen esas cosas por algo.
Bueno, casi siempre.
Yo: ¿Entonces ahora se supone que debo hacerme amiga de ella?

Treinta: Quizás. Nunca lo intenté. Solo vi cómo era ella por fuera.
Yo: Sé que es bonita, les gusta a los chicos, pero ¿y qué?
Igual es malv…

Treinta: ¡Tú también eres bonita! Libera esos rizos.
¡Demasiado Aqua Net! ¿Te *gusta* alguien?
Yo: ¿Qué? ¡No!

Treinta: ¿Segura?
Yo: ¡Sí! ¡No tengo tiempo para eso!

Treinta: Pero ¿sí tienes tiempo para Brad Pitt, a quien solo ves en las
películas?
Yo: Te dije que eso es distinto. Además, ver películas es lo único que
hago para divertirme, y él es… es…

Treinta: ¿Divino?
Yo: Sí. Eso lo sabe todo el mundo.

Treinta: ¿Te puedo contar de mi "Brad Pitt"?
Yo: No, gracias. ¿Para qué?

Treinta: Porque… ¡es divertido! ¡Vamos!
Yo: Okey, Okey.

Treinta: Tiene un pelo azabache de lo más bello. Los ojos son de color café, adormilados. Se llama…
Yo: Perdón, no. No puedo.

Treinta: ¿No te importa el amor *de verdad?* ¡Al menos pregúntale a Chachita y Papiringo cómo se conocieron!
Yo: Bye!

Negro azabache

Busco qué significa "azabache": es lo previo
al carbón. Una piedra preciosa. ¿El novio de
Treinta tendrá pelo negro refulgente? ¿Será
como el príncipe Eric (el de Ariel)? ¿Cómo
será amar a un chico de verdad? Amo a
Brad Pitt así sea el rompecorazones de
Tristan o el vampiro tristón Louis. Lo amo
por su naricita de botón y por su cabello largo.
Amo a Brad Pitt porque lo he oído decir
en mis sueños, Ven a cabalgar conmigo,
comamos panqueques y besémonos.
Pero besos... ¡¿por qué?! Mis labios
por dentro parecen anguilas. Las lenguas
a veces son granientas y grotescas.
Amar a chicos de verdad con pelo negro
azabache es un misterio que no quiero...

Chachita habla de Papiringo

¿Es uno nuevo?, pregunta Chachita, que me
     acorrala en mi cuarto. Cubro el poema.
Se sienta en mi cama. *Sé que hablar de*
     las chicas que han muerto es importante,
pero tú eres mi niña. ¿Puedes entender que
     quiero protegerte de todo eso?,
pregunta. *No. Y son chicas y mujeres, así*
     que las dos corremos peligro. ¿Por qué
no hablar?, digo. Ella mira por mi ventana.
     Tienes razón, pero no es fácil. Las
cosas malas seguirán sucediendo. Es que quiero
     que seas niña todo el tiempo que puedas,
dice Chachita. Suspiro, derrotada. *¿Cómo se*
     conocieron Papiringo y tú? ¿Puedes al
menos contarme eso?, pregunto. La luz de la luna
     me muestra la cara sonrojada de Chachita.
Lo conocí en la escuela cuando la gente le decía
     El Canario. Tenía una tupida cabellera
dorada en ese entonces, y tuvo muuuchas novias
     antes que yo. ¿Te ha contado eso él?,
dice. Me cuenta su historia de amor hasta
     que me tiemblan los ojos de zzzz.

El Canario

Así le decían a Papiringo
porque solo tenía que
ponerse un mechón de pelo
detrás de la oreja y decir dos
palabras lindas para derretir
a una mujer. Esa era su única
canción. Como padre, así canta:
resuelve mis problemas
de matemáticas sin que se le
mueva una pluma, sin chistar
ni resoplar. Su música proviene
de picotear comida como
semillas: esponjas, hot wings,
tripitas de res, cacahuates.
Para oír su canto de papi debes
ahuecar las manos en su corazón:
el latido es un susurro, el amor,
un grito. A veces solo debes
pedir: canta, canta más fuerte
¡por favor, Carlos Aragón!

Chica de piedra

¿Qué es eso?, pregunta Pipina, revoloteando
e interrumpiendo mi almuerzo solitario en

el Sor. *Nada,* respondo, provocando una
mueca de dolor a mi poema canario al oír

que no es nada. *Te echo de menos, ¿podemos
volver a ser amigas?*, pregunta ella. No me he

disculpado desde que le dije pobre niña
rica, y por eso ahora es más fácil y a la vez

más difícil intentarlo. *También te echo de
menos, pero debo dedicarme a estudiar,*

y tú ahora tienes a Priscila, ¿no?, digo.
Los ojos café de Pipina se desmoronan.

Mis ojos grises se endurecen. *Priscila,
tú y yo podríamos ser amigas, ¡y el Sor*

*y su tonto cuadro de honor no lo son
todo!*, dice Pipina, replicando a Treinta.

*Somos distintas. Nunca, nunca lo vas
a entender, Pipina,* digo yo, como esa

piedra que le dije a Treinta que no estaba
hecha al hablar de las chicas que perdimos.

Tic tic

Me despierto. *Tic tic*. El ruido viene de la ventana. Pienso que
el hombre de la feria me ha encontrado a pesar de que eso no tiene
sentido. Miro alrededor de mi cuarto en busca de un arma. Nada.
Lo más cercano sería el reloj despertador. *Tic tic*. Empiezo a correr.

Treinta: ¡Oye, alto! [La voz apagada por el vidrio]
Yo: ¡Shh!

Treinta: Abre la ventana. ¡Vamos! Tengo que hablar contigo.
Yo: ¿Ahora? Pero ¿qué te pasa?

Treinta: Mira que voy a golpear a la puerta.
Yo: ¡Bueno! [Abro la ventana]

Treinta: Tengo que ayudarla a ella, no solamente a ti.
Tiene que ser por eso que estoy aquí.
Yo: ¿A ella quién?

Treinta: No importa. Pero ya no me verás tan seguido.
Yo: ¿Por qué?

Treinta: Porque voy a estar afuera. Vigilando.
Yo: ¿Qué cosa?

Treinta: Eh… aún no lo sé. Pero volveré pronto.
¿Tú estás bien?
Yo: S… sí, aunque…

Treinta: ¡Bien! No quiero despertar a nadie. Me tengo que ir.
Yo: Despertar a nadie salvo *a mí*, digamos. ¿A dónde vas?

Treinta corre y se adentra en las sombras de la calle Rancho
Carmona.

Un avión de papel lleva un sí

El profesor López Austin escribe
ADN: el plano de la vida en el pizarrón,

por lo que las tablas periódicas
acumularán polvo por un tiempo.

Un avión de papel aterriza en la pista
de mi pupitre del Sor. Desarmo las alas

con sumo sigilo. Hay un *sí* dentro
de una margarita, ¡como mi disculpa!

¡Margarita me ha aceptado! La busco.
Me sonríe. Me indica que vuelva a

arrojarle el avión. Se lo mando, con
miedo de que nos descubra el profesor.

Ella escribe tan rápido en el papel que
me pregunto qué será. Cuando recibo

el mensaje alado, quiero empezar
a saltar: *¿Mi casa, el sábado?*

Le levanto un pulgar desde lejos.
Entonces veo que el rostro de Héctor

se vuelve leche de fresas. La mira a Margarita
escribir. ¿Se ha enamorado el chico de leche?

La prueba de Margarita

Papiringo me va a llevar con el auto a la casa de Margarita porque es una brújula humana además de canario. No necesita mapas ni instrucciones. Por eso, unos segundos después de leer la dirección de Margarita, dice: *Mañana salimos a las 10:00 en punto.* Parece muy temprano para un sábado por la mañana, y no es más que un encuentro entre amigas, pero sé bien que no debo ir en contra de su dicho preferido: *Camarón que se duerme se lo lleva la corriente.* Es como ese otro de *al que madruga Dios lo ayuda,* pero con un camarón dormido, aunque dudo que le preocupe ser puntual. Llega el sábado. El camarón madrugador medio dormido que hay en mí se despierta cuando pienso: ¿y si esto es algo *más* que un encuentro? ¿Y si es una prueba para ver si no soy una mera tramposa? ¿Qué se pone una para ir a su juicio? Me decido por unos jeans y mi camiseta de Ricky Martin.

Supertrucha

La casa de Margarita es puro bloque
de hormigón sin revocar. Papiringo

revisa el espejo retrovisor, el motor en
marcha. *Anamaria, en Ciudad Juárez,*

*como en otras ciudades, debes cuidarte
en todos lados, pero en este vecindario*

debes estar superatenta, supertrucha,
dice. Yo me rio. *Hija, lo digo en*

*serio. Sus padres no deben perderte de
vista. No salgas de la casa. ¿Entendido?*

me ordena. *Sí, papi, entiendo. ¡Seré
supertrucha!* Él ni siquiera sonríe

porque está girando el cuello como
la chica de *El Exorcista* para ver todos

los espejos del auto. *Volveré a las 3:00.
En punto. Te quiero,* me dice, dándome

un besito en la frente. La mamá nos
saluda desde la puerta. Margarita abre

la verja de flores de metal que encierra la casa.
¡Anamaria, pasa!, exclama, y me muestra

algo que rara vez veo en su cara del Sor:
dientes felices. El hoyuelo en su mentón

parece más profundo, casi vivo. *Estuve*
practicando unos pasos para "Popocatépetl"

de Fey, pero podríamos hacer unos para
"Livin' la vida loca", dice, señalando

mi camiseta. *Bueno, vamos*, digo.
Nunca hubo una prueba de Margarita.

El equilibrio de Margarita

Na-na-bum-bum, Popocatépelt, canta Fey
        por décima vez y yo finjo que me
desmayo sobre la cama de Margarita. Ella
        se ríe tanto que resopla. Le miro las
mejillas sonrojadas y oscuras y me pregunto
        cómo lo hace: es siempre la reina del
cuadro de honor y es feliz igual. ¿Cuál es el
        secreto de su equilibrio? Un toquido
detiene toda pregunta. Margarita se abanica
        antes de abrir. Una voz finita flota
en el aire sudoroso: *¿Podemos jugar también?*
        ¡Sí, claro!, dice Margarita. Entran
dos niñas con traje de baño. Ellas son
        Cecy y Brenda. *Eran más pequeñas*
cuando las viste, dice Margarita. *Yo no soy*
        pequeña, dice Brenda, la menor.
¿Ah, no?, dice Margarita, y empieza a
        sacudirle los brazos como una lavadora.
Sus gritos son unos Milky Way: un sueño
        de nougat y chocolate que se come
hasta que duela la barriga. Cecy me mira con
        ojos más grandes que los de un ciervo.
¿Quieres dibujar?, me pregunta. Yo sonrío.
        Me lleva al escritorio improvisado de su
hermana mayor (una madera sobre los mismos
        bloques de cemento que forman la casa).

Este debe ser el secreto del equilibrio de Margarita:
   dos niñitas que le piden jugar.

Tramposa por siempre

Los párpados de Margarita no se cierran
del todo cuando duerme. Una rendija de

esclerótica, lo blanco de sus ojos,
se anuncia cuando giro y quedo frente

a su aliento: Pollo Loco y frijoles.
Después de bailar y jugar durante horas,

decidimos dormir una siesta. Margarita
se despierta y susurra: *¿te gusta de verdad*

algún chico? Niego con la cabeza.
Hablar de chicos no es lo mío, pero

corresponde devolver la pregunta. Ella me
sorprende al usar "Héctor" como sujeto,

verbo y objeto. *¿Cómo es amar*
a un chico?, pregunto. En serio

quiero saber. Margarita mira
las estrellas de neón y el póster de

los Backstreet Boys del techo tanto
tiempo que pienso que cumpliré treinta

antes de que me cuente que se siente como
una polilla ciega cuando él está cerca.

Es algo maravilloso, dice a modo
de conclusión, absoluta y sabia.

¿No te parece que él es un tanto
malcriado?, pregunto. *Quizás,*

pero ¿y eso qué tiene que ver?
responde ella. *Él es rico, tú no,*

no te va a comprender, como cuando
dijiste que Pipina no nos podía

entender a nosotras, digo. Margarita
se pone de pie, como flecha. *¡Jamás*

dije eso! Y como sea, ¡esto es distinto!
Él me llama. Me dice que le gusto yo.

¡No mi casa ni el vecindario!
Además, me esfuerzo mucho para

ser alguien. Él entiende eso, no
como tú, tramposa, dice Margarita.

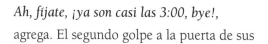

Ah, fíjate, ¡ya son casi las 3:00, bye!,
agrega. El segundo golpe a la puerta de sus

hermanas me llena de algo innombrable.
¿Podemos jugar?, preguntan Cecy y Brenda.

Bocanada

Me despierto,
mis axilas

sopa.
No vi ni

un cuchillo ni
un hombre

esta vez.
Solo sentí que

el corazón
se me salía

del pecho.
Cero esperanza,

amigos, sueño o
equilibrio para mí.

Solo el Sor, solo
estudiar, así que

estudio hasta que
la luz del alba

nos sorprende a mí
y a mi cerebro cansado.

Bigotes y barrigas

A va con T, C va con G, digo
cuando el profesor López Austin

me pide que diga cómo van las piezas
del rompecabezas de ADN. Adoro la

biología. Adoro cuando él me
esboza algo cercano a una sonrisa

antes de regresar a la pizarra.
Una nota normal, no un avión,

llega a mi pupitre: *Anamaria*
va con gorda y tiene bigotes.

Piensa que es inteligente, pero
es fea nomás. Miro alrededor: todos

escriben. Hago un bollo con la nota
e intento concentrarme. Y la siento:

una mirada azul de los ojos de Alexa.

Escarbadientes y aceituna

En casa,
de noche, frente

al espejo,
estiro la barriga,

que no sobresalga
de las costillas,

pero se escapa
la piel que sumé

desde los 13. Antes
era un escarbadientes

cuando era
niña. Ahora,

una gran aceituna
está empalada

por mí. Pero
tengo hambre,

en lugar de no tener.
No debería, pero

en la cocina
como, como, como.

La Nair arde

Aún despierta, pongo la
crema en el labio superior

para quemarme los bigotes.
Noto que mis cejas

son como esos gusanos
peludos que hacen arder.

Pienso: ¿por qué no? Así
que lo hago, y el ardor es

demoníaco. La Nair
resulta que no es para

usar en las cejas. He
destruido lo que

Chachita llama mi Arco
del Triunfo, ahora medias

cejas. Me he dejado
la Nair mucho tiempo:

mi bigote es una pradera
granienta de piel quemada.

La mañana siguiente

Chachita me toma la cara
como un huevo, el aloe

me hace arder en lugar
de aliviar la quemazón.

Chachita me sopla en
el rostro. Después sonríe,

mirándome como a los
murales de Diego Rivera

que adora. *Mami, ¿estoy
más fea?*, pregunto. Su sonrisa

se vuelve un paracaídas
en bajada. *Eres la cosa*

*más bella que he visto
en mi vida,* me responde.

Sé que no soy la cosa más
bella que ella ha visto

en su vida. ¡Las mamás
solo dicen eso porque

nos hicieron y gestaron
durante nueve meses!

Pero estoy panzona
y tengo bigote, digo.

La panza pronto va a
desaparecer, y si no...

Chachita se levanta, se abre
el pantalón y me muestra

su panza. No es tan
chata como pensaba.

¿Piensas que soy fea?
pregunta. *¡No!,* digo yo.

Después toma una pinza
y se retuerce los bigotes cortos.

¿Y ahora?, me pregunta.
Yo sonrío. *Anamaria, no*

solo eres hermosa,
sino que estás sana y

viva. *No cualquier chica*
puede decir eso, me dice.

Tiene razón: mejor estar
un poco panzona y peluda

que estar pushing daisies
bajo tierra.

The Great Bear

Al día siguiente en el recreo, Alexa me señala y dice: *Eres eso, The Great Bear.* No lo entiendo. Nadie lo entiende. *Are we not bilingual, bola de mensos?*, pregunta Alexa. La bola de mensos nos miramos entre nosotros. *¿La gran osa?*, dice Priscila con un chillido que apenas se alcanza a oír. *Sí, ¡La Gran Osa!*, repite Alexa. No nos suena a nada, bilingüe o no. Alexa golpetea el pie y después grita: *¡La granosa! The pimply one!* Estallan risas de todas las gargantas, incluso de la polvorienta del monitor. La puerta de la oficina de la directora Martínez se abre de golpe. *¿Qué está pasando aquí?*, grita, pero eso solo calla del susto a algunos. Me voy corriendo al baño a llorar; las lágrimas me hacen picar el bigote granoso.

"Tía" Treinta

Entra un monitor al salón de clases y me dice que vino mi tía para llevarme a casa. Estoy a punto de decir "¿qué tía?" cuando veo a Treinta.

Yo: ¿Qué quieres, "tía"? Pensé que te habías ido a ayudar a unas chicas.
Treinta: A *una* chica. ¡Dios, se ve peor de lo que recuerdo! [Me señala la cara]

Yo: ¿Qué chica?
Treinta: ¿Qué vas a hacer con las cejas?

Yo: *¿Qué chi-ca?*
Treinta: No te preocupes por eso. Pero no esperes tanto como yo para aprender a rellenártelas. [Se borra parte de las cejas con saliva]

Yo: ¿Cómo no me voy a preocupar? *Si* eres yo, entonces *yo* conozco a la chica.
Treinta: ¿Entonces ahora me crees?

Yo: ¡No! Dije "si".
Treinta: Creo que sí me crees. [Lo dice con cantito]

Yo: ¡Estás desquiciada!
Treinta: ¿Así que ahora perdí un tornillo? Qué linda.

Yo: ¡Dime!

Treinta: Mira, solo quería que salieras de la escuela para
que tuvieras un respiro. Para poder hablar de lo que
te está pasando. Y porque te eché de menos. De verdad...

Yo: ¡Ahhhhh!

Treinta: ¿Qué?

Señalo las piernas de un chico que cuelgan del segundo piso del Sor;
los brazos y la cara, invisibles.

El hueco

Una parte de la leyenda del Sor es el puente
sin terminar del segundo piso que casi se

conecta con la casa de la directora Martínez
para que pueda, no sé, ¿correr hasta la cocina

a prepararse su té secreto de Tarahumara?
Ningún estudiante ha usado el puente jamás.

Ningún estudiante siquiera puede acercarse,
así que este chico, con las piernas moviéndose

desesperadas como caracoles salados, estará en
graves problemas, si es que sobrevive. El hueco

del que cuelga no está muy alto, pero si
se cae, podría quedar hecho un magullón

andante o, dependiendo de dónde caiga,
papilla. *¡Ayúdenme, no quiero morir!*, grita

el chico. Treinta se ríe mientras se palpa
los bolsillos. ¿Tiene una escalera en los jeans?

¡Mi pinche iPhone!, maldice. *¡¿Qué phone?!*,
pregunto yo. *¡No sirves de nada!* Corro

a patear el portón del Sor como una mula loca.

¡Ayudaa! ¡Ayudaaaa! Mis pulmones escupen fuego.

Chico colgante revelado

Unos segundos después, un monitor abre el portón, y solo pasan unos minutos hasta que la sirena del camión de los bomberos ensordece a los espectadores del circo: la directora Martínez, algunos monitores y todos los que pasaban por la calle fuera del Sor. Treinta está parada de brazos cruzados. *¿Qué? ¿Estás molesta porque no hay phone?*, digo, pestañeando con rapidez. *Es que estoy acostumbrada a tenerlo*, dice ella. *¿Qué es un hay phone?*, pregunto. ¿Quién no querría saber qué cabe en un bolsillo y salva a chicos colgantes? *Se llama iPhone, como el pronombre I en inglés, y es un teléfono celular. Déjame disfrutar esto*, dice, mirando la operación de rescate del chico. *¿Como uno de esos Nokia que tienen los ricos?* No me responde. *Bueno, ¡qué nombre tonto le pusiste a yourPhone!*, digo. *¡Mira!*, me ordena y señala al chico: es Héctor, que se abraza a un bombero con desesperación.

"Tía" fuera

Al gentío de la calle se le suman una ambulancia y
los que parecen ser los padres de Héctor.

Yo: ¿Sabías que él intentaría… ? Ya sabes…
Treinta: ¿Qué?

Yo: Terminar con todo.
Treinta: Héctor nomás quería escaparse porque no había
hecho la tarea. ¡Qué menso!

Yo: ¿Cómo sabes su nombre?
Treinta: Cuando yo tenía trece, era tú. *Por eso* lo sé.

Yo: ¿Cómo sabías lo que iba a hacer?
Treinta: Lo oí, igual que todos los demás en la escuela.
¡Fue divertido poder llegar a verlo ocurrir!

Yo: Para mí no. Se podría haber muerto.
Treinta: ¡Lo sé, lo sé! Pero era un mocoso malcriado terrible.

Yo: En eso tienes toda la razón.
Treinta: ¿Sobre quién más quieres chismosear en tu día libre?

Yo: La chica. ¿Quién es?
Treinta: Yo me encargo de la chica.

Yo: Dime y ya… ¿es Pipina? Ya no somos amigas, pero…

Treinta: No te lo puedo decir. Y sí son amigas. Debes luchar por ella y seguir intentando amarte a ti.

Voy hasta donde está la directora Martínez y le digo que mi "tía" tiene que irse.

Qué podría ser amarte a ti

La ciencia y las películas me acercaron
al significado de qué es amarte *a ti*.

Se empieza con lo que una ve en
el espejo y se elige una cosa para

amar. Yo elegí la parte de atrás
de la cabeza. Desde entonces, he

pensado en agregar el color de mis
ojos a la lista (el Sr. Yeyé dice

que son de peltre y cristal). Luego
se elige vivir pase lo que pase.

¿Recuerdan a Tristan y la chica a la
que le rompió el corazón? Ella debería

haber vivido. Y a mí no me hirió ningún
chico, solo cuatro chicas: una me dijo gorda

y peluda, una se robó a mi mejor amiga,
una es una pobre niña rica, y una

piensa que soy tramposa. Ahora que lo
pienso, es peor porque a las chicas les

sale mejor que a los chicos eso de dejar
la ira en infusión mucho tiempo, ningún té

anestesia lenguas así. Lo único que sé de
verdad es que amarte a *ti* es difícil, raro

a lo Treinta, y siempre me quedo corta
para definirlo, pero voy a aguantar

como un palo verde desafiante
que crece fuerte bajo el sol.

Voladora de Papantla

Es el día de primavera más caluroso de Ciudad Juárez.
    También es lunes. La directora Martínez
da la bienvenida a *Primer puesto: Margarita Dospasos*
    Sol. Pienso en la chica que Treinta afirma
que va a salvar. *Segundo puesto: Héctor Martínez*
    Lara. El chico colgante aún no ha vuelto a la
escuela. ¿Y si se la llevan a Pipina? ¿Por eso Treinta
    me pidió que luchara por ella? ¿La van a...
encontrar? *Tercer puesto: Anamaria Aragón Sosa.*
    ¿Será Margarita? ¿Priscila? ¿Alexa?
¡Está en el tercer puesto, despierte!, dice la directora
    Martínez. Me congelo cual helado de sandía.
No sé qué hacer y... hago una reverencia. Estallan
    las risas. *¡Basta! Vuelvan a clase,* la directora
Martínez cierra la ceremonia. No puedo creerlo: entré
    a la realeza del cuadro de honor. Voladora
de Papantla. ¡El aire me hace cosquillas en
    los pies poderosos que remontan vuelo!

Sensación de tamarindo

El silencio reina en el séptimo grado del Sor
      cuando vuelve Héctor a la escuela. *¿Qué?,*
nos pregunta a todos. Se escapan unas risas.
      No hice la tarea. Fue un intento de
escape. ¡El único en toda la historia del Sor!
      Mejor correr que tener que vérmelas
con ya saben quién, dice. Ovación y aplausos.
      Treinta lo sabía. ¿Cómo? ¿Acaso es
un zoológico esto? Aparece la figura ancha de
      la directora Martínez por la puerta del
aula. *Nueva regla: prohibido aplaudir,* grita. Alexa
      levanta la mano y dice: *Héctor es*
nuestro héroe. ¡Sobrevivió! ¿Cómo lo podemos
      homenajear? La directora Martínez la
mira de arriba abajo y dice: *¡Sacude la mano*
      como si fuera pandereta! El esmalte de
uñas está prohibido. Ya se lo dije a sus padres.
      Venga conmigo. Sonrío, sin vergüenza.
Alexa me ve. Una sensación como la de chupar
      un dulce de tamarindo me sube por la
garganta. Dulce: hace **mucho** que Alexa burla
      las reglas. Amargo: es mala, pero quizás
esté triste como yo. Quizás corra peligro y sea
      la chica que Treinta dice que va a salvar.

Héctor, niñito tonto

El profesor López Austin escribe "examen sobre elementos químicos" en el pizarrón. La última vez que estudiamos eso fue hace semanas, y la tensión es tal que se puede palpar. *Srta. Dospasos Sol, díganos la fórmula del dióxido de carbono, más los elementos químicos y los pesos atómicos,* dice el profesor desde la pizarra. *C de carbono, O...* *O de oxígeno,* empieza a decir Margarita, pero no puede terminar de recitar su letanía de química de secundaria. *Equivócate,* prácticamente oigo decir a toda la clase. Quiero que ella los golpee, pero la piel morena de Margarita se pone como una cáscara de huevo. *¡Parece que el primer lugar ahora queda vacante!,* dice Héctor, mirando a Margarita, esperando una sonrisa. ¿Existe un límite para la estupidez de algunos chicos? El *¡Basta!* del profesor López Austin no consigue bajar los brazos que sacuden las palmas con las que todos aplauden en silencio. La flor interna de Margarita pierde pétalos.

Soda y salsa SOS

En El Colorín, siento que tengo que llamar a Pipina. Pero, después de cinco intentos, su teléfono de línea indica que está ocupada o que ha salido. *Deja pasar más de un minuto entre llamados,* dice Chachita, pellizcándome la mejilla antes de volver al trabajo. La boca se me convierte en un limón viejo. Voy al dispensador de refrescos para quitarme el gusto ácido con una mezcla de Sprite, Fanta y Manzanita. La lengua se me entumece de tanto dulce, así que como unas tostadas con salsa. El estómago me borbotea y dice *basta.* Antes de esto me he comido cinco tacos a escondidas. Corro al baño, donde abro el grifo y bebo agua como hacen los perros, salpicándome el uniforme del Sor. Mi escritorio de El Colorín está listo, la tarea me espera. Pero en lo único que puedo pensar es en Pipina y Margarita.

Lápiz cuchillo

La luz de luna que
se filtra por las cortinas

me dice que es tarde. Mi
barriga hinchada

duele, y no
puedo dormir.

Encuentro la
mochila en la oscuridad

y hago tarea
hasta que juro

que el lápiz
que tengo en la mano

se hace cuchillo.
El azúcar y el picante

de antes me hacen
arder la garganta.

Corro al baño
y vomito.

Domingo lleno de odio

El domingo no es día de misa para nosotros porque los domingos en El Colorín hay muchos clientes. Los domingos, hinco los dientes en la tarea como algunos comen la hostia sagrada: despacio. A veces después voy a lo del Sr. Yeyé para ayudarlo a preparar el pan para la hora pico de los lunes a la mañana. Ahora voy para escaparme del ruido, de la comida, del dispensador de refrescos y la barra de salsas. Golpeo a la puerta como cuando se golpea el confesionario de un sacerdote. El sol es despiadado y el Sr. Yeyé no abre. Odio sudar como un cerdo. Odio mi sombra. Es más delgada y está más fresca que yo. La puerta se abre. Adentro, odio el ambiente caliente y pegajoso. Me siento, muda. Él me ofrece un plato de marranitos recién hechos. *¡Llévese eso, estoy gorda!,* digo y me levanto. Quiero salir corriendo, pero no puedo ir a ningún lado sola. *¡Odio esta ciudad! ¡Odio a Treinta! ¡Me odio a mí!,* confieso, azotándome el pecho.

Treinta es una mariposa

El Sr. Yeyé me dice que limpiar ventanas lo ayuda a relajarse. No tengo intención de echar por tierra su lógica en este momento, así que le pido Windex y papel de periódico. El Sr. Yeyé dice que me tome *todo* el tiempo del mundo. Lo obedezco: borro y dibujo vetas. Borro y dibujo…

Treinta: ¡Hola, Sr. Yeyé! [Él saluda rápido con la mano y sigue amasando]
Yo: [Sigo borrando y dibujando]

Treinta: Hola.
Yo:

Treinta: ¿Te comió la lengua el gato? [Se ríe]
Yo: [Borrando y dibujando]

Treinta: ¡Oye! ¡Deja de hacer eso un segundo!
Yo:

Treinta: ¿Qué pasa? Cuéntame. Por favor.
Yo: [Apoyo el Windex y hago un bollo con el periódico húmedo]

Treinta: Vine para ayudar.
Yo: No me gustan los gatos.
Treinta: Okey. Y…

Yo: No tengo amigas. Estoy viendo cosas.

Treinta: ¿Qué has visto?
Yo: Un cuchillo, pero era mi lápiz.

Treinta: ¿Hablaste con Chachita y Papiringo?
Yo: ¡No, no puedo!

Treinta: Sí puedes. Nada más tienes que intentarlo.
Ahora busquemos el lado positivo de esto.
Yo: ¡Eso es cursi y tonto!

Treinta: Tranquila. Mira, eso a mí no me ocurrió hasta mis veinte.
Quizás…
Yo: *Quizás* yo siempre he tenido razón. Tú eres tú. Yo soy yo.

Treinta: O quizás el hecho de que yo esté aquí esté cambiando
las cosas. Como el efecto mariposa.
Yo: ¿Qué es eso?

Treinta: Un suceso minúsculo, como el aleteo de las alas de una
mariposa, puede causar un huracán en otro lugar.
Yo: ¿Y quién es quién en ese escenario?

Treinta: Vengo del futuro, ¿así que quizás yo soy la mariposa?
Yo: Ah, ¿entonces *yo* soy el huracán?

Treinta: ¡A quién le importa! Quizás sea algo bueno, ¿sabes?
Yo: ¿Cómo? *Todo* se está cayendo a pedazos.

Treinta: Yo estoy aquí ahora y todo irá mejor. Tienes
que aprender a ver el lado bueno.
Yo: Quizás debería "ver" cómo quedo debajo del puente
sin terminar del Sor.

Treinta: ¿Qué?
Yo: Nada. Estoy cansada de ser yo. Nada más.

Treinta: Eres maravillosa, Anamaria. Créelo.
Yo: ¿Me dejas limpiar ventanas, por favor?
[Desganada, le arrojo la bola húmeda de papel]

Contracorazón

Pipina se ríe con Priscila, exhibiendo
su almuerzo masticado al mundo. Cierro

los ojos y me aferro al sonido. El jamón
de Fud es el que más me gusta, pero ahora

sabe a plástico especiado puesto entre dos
rebanadas de pan. El jugo de uva que bebo

para quitarme el sabor está amargo. Una
sombra tapa el sol. *Tú eres amiga de ella,*

¿no?, dice Héctor, metiéndose las manos
en los bolsillos y mirando alrededor

para procurar que nadie lo vea hablando
con la chica granosa, aunque la mayoría

de los granos ya se han ido. *Si hablas de*
Margarita, no. No somos más amigas. Ahora

vete, digo, mirando mi comida. Anamaría,
por favor, ella me gusta mucho y no me quiere

hablar después de lo que dije en clase, dice
Héctor. Alexa le toca el hombro, mirándome

con ojos de zarigüeya rabiosa. *Héctor,*
no te acerques a ella. Es contagiosa, dice.

Le estaba diciendo que fuera a ver a un médico
y se consiguiera una cara nueva, responde Héctor

sin verdadera maldad en los ojos. Yo digo:
¿Como en la película Contracara? Me pondría

la cara de Travolta. ¿Y tú? Alexa resopla. Héctor
se ríe. *Gorda y graciosa. Qué buena combinación,*

dice ella, y se lo lleva a Héctor del brazo.
Giro y veo los ojos de Pipina sobre mí. Quiero

sonreír, pero mi corazón ha olvidado cómo.

Carta para Pipina

Eres el corazón de mi hombre de hojalata. Eres el coraje de mi león. Eres el cerebro de mi espantapájaros. Entonces eres Dorothy. No estamos en Kansas. Estamos en Ciudad Juárez, atrapadas en el Sor. Clic, clic, hacen tus zapatitos rojos. Yo soy la bruja mala del Oeste. Con mis monos voladores de chica mala. Mi cara verde envidia. Priscila ahora es tu Toto. ¿Hace guau guau? ¿Puede llegar tan alto con la voz? ¿Ha hecho algún otro pastel de forma rara? Volvamos a Oz. El mago sería Treinta. Ella es una especie de secreto. Dice que viene del futuro. Dice que es yo. Pero es una poeta que cojea, así que no puede ser yo. ¡Alerta de tangente! El punto es que lamento todo. Lamento no disculparme antes. El camino amarillo nunca ha sido más espinoso, ya me entiendes. Ojalá un clic clic de tus zapatitos nos volviera a unir. Por siempre. Te quiero. Anamaria Aragón Sosa [firma de futura médica]

Carta para Pipina 2

Eres el corazón de mi ███████████████████████
███
███
███████████████████████████ *bruja mala del Oeste.*
███
███
███
███
███
███████████████████████ *lamento todo. Lamento no*
disculparme antes. El camino amarillo nunca ha sido más espinoso, ya
me entiendes. ███████████████████████████
███████ *Te quiero. Anamaria Aragón Sosa [firma de futura médica]*

Carta para Pipina 3

lamento todo.

Te quiero. Anamaria

Del gusto de Pipina

Papiringo dice que Chachita
antes se parecía a Ali MacGraw,

la protagonista de *Love Story,* una
película que siempre termina con

¡Kleenex, más Kleenex, por favor!,
de parte de mis papis llorosos. Siempre

distraída por su sufrimiento de
llanto, nunca me puse a pensar en

la frase que se dicen los amantes,
Amar es nunca tener que pedir perdón,

hasta ahora: si Pipina supiera lo
importante que ella es para mí, sabría

que la amo, que lo siento, que la
necesito. ¡Olvidemos lo que dije

aquella vez! La carta telegrama
de Oz no debería hacer falta.

Pero *otra vez* olvido que a Pipina
le gustan las golosinas, dibujar y

los chistes. No las hojas amargas.
Ni tampoco el honor.

Princesa del cuadro de honor

Este lunes en el Sor también es el primer día del mes
       así que murmuro *Bandera de México* mientras
coloco la palma de la mano perpendicular sobre el pecho
       y oculto los bostezos. *Cri. Criiiii.* Se me paran
las orejas. ¿Por qué nunca he oído cantar a los grillos antes?
       Supongo que mis oídos trabajarán horas extras al
estar en modo zombi. Me pregunto si podré atrapar uno y
       tenerlo de mascota. De amigo. Los grillos no
harán lío. *Primer lugar: Margarita Dospasos Sol.*
       ¿Los grillos comen hojas? Siento que me miran.
¿No alcanza el segundo lugar para obtener una reacción
       de su parte, Srta. Aragón Sosa?, pregunta la directora.
Solo asiento, y recuerdo no hacer reverencias. *Tercer lugar:*
       Priscila Palacios Allende. Las palmas se alzan
y giran. La regla de no aplaudir ha entrado en vigor.
       Cri, cri, los grillos me extienden sus felicitaciones.

Quiero volar

Cual Dios, el profesor López Austin
perdona mis pecados ahora que estoy

a un lugar del primer puesto
y me dice *felicidades* desde

el escritorio. Camino hasta mi silla
en una nube que me impide ver

que Alexa empuja su mochila para
hacerme tropezar. Mis manos cortan

la caída. Las rodillas y las canillas
también. La sorpresa colectiva y las

risas contenidas activan un modo de
sirena y manguera de lágrimas. Oigo

mis propios *buaaa buaaa* de dibujo
animado como si una doble alada

mirara desde el alféizar de la ventana.
Basta de los tontos palos verdes.

¡No quiero "aguantar" más!
Dos brazos me tocan la espalda,

y vuelven a unir la mente y el cuerpo.
Son Pipina y Priscila, que intentan

detener mi suicido social.
Suéltenme. ¡No me toquen!,

digo; la bondad de ellas es lepra.
Corro a la puerta como pollo

sin cabeza y salgo en busca de
alguien que me quiera en los pasillos

del Sor. Oigo el *¡Alto!* de los monitores
mientras subo al segundo piso,

pero mis pies vuelan. Me detengo al
ver la cinta amarilla que dice "cuidado"

y que tapa el famoso hueco entre
la escuela y la casa de la directora.

Es delgada y la arranco con las manos.
Nada de intentar escapar. Yo quiero

volar y terminar morada y magullada.
Uno, dos, tres. Uno, dos, tres,

cuento. *¿A dónde piensa usted que
va?* Oigo el repiqueteo de los

pesados tacones café de la directora
y, por alguna razón, mis pies ardientes

pierden las alas y la voluntad de saltar.

¿Ayuda?

Creo que su hija necesita… ayuda.
Oigo la voz de la directora
aunque esté sentada fuera de la oficina,
donde un ficus de plástico es lo
más cercano a algo vivo. *No toleramos*
esta conducta. Anamaria es una
de las mejores, pero estos caprichos están
mal. Las quejas de Chachita son
cortadas de raíz como malezas. La directora
continúa: *O ella se calma o se va.*
El Sor no puede lidiar con estas… estas…
cosas. Llévensela. Háganla entrar
en razón. Un monitor les alcanzará
toda la tarea. Buenos días. Las sillas chirriantes
de Chachita y Papiringo están tan
derrotadas como ellos. Dejo marcadas las uñas
en las hojas falsas del ficus. ¿Cómo
es la ayuda? ¿Quién me puede ayudar? ¿Treinta?

El ducto cuenta todo

Palabrotas y gargantas húmedas que se aclaran.

Papiringo

Chachita

¿Qué hacemos

No lo sé. ¿Hablamos con ella?

¿Alcanzará con eso?

*¿Y cómo? ¿Nomás le decimos...
intentabas... eh...?*

¿Hacerte daño?

*Pero ¿por qué se haría daño?
Me dijo que estaba feliz.*

*No lo sé, pero
siempre ha sido...*

¿Qué?

Ya sabes, muy... muy...

*Muy exigente consigo misma.
Muy preocupada por las
calificaciones. Pensé que era
una bendición tener una hija
que supiera lo importante que es
la escuela, pero se ha vuelto...
obsesiva.*

¿Y si se va del Sor?

No le va a gustar eso.

*¡No importa! Hay que
ayudarla.*

Sí.

*Hablaremos con ella
por la mañana.*

Hablaremos con café, así parece
más "adulto".

Eso le va a encantar.

Le va a encantar y ella va a estar
bien.

Va a estar genial.

Va a estar feliz.

Un beso o un abrazo ponen fin a la charla.
Espero que duerman. Mis ojos quedan fijos en el techo color blanco
palomita de maíz.

Trucos de magia

Me paso la noche pensando en círculos: mis papis, el Sor, mis papis, el Sor. Pienso hasta que me duele el cabello: ¿cierro con llave mi habitación, me escapo, intento volver a saltar, para siempre? ¿Intento hablar con Treinta cuando deje de rescatar a esa chica por un rato? El sol de los primeros días del verano despierta soluciones más rápidas en mi cabeza. *La preparación H.* Chachita la usa para desinflamar los ojos inflamados. *Coletas.* Las chicas felices comienzan con cabello feliz. *Sonreír.* Fake it till you make it, dicen los estadounidenses. A fingir. *Rubor.* Las mejillas tienen el mismo gris de mis ojos. Me las pellizco fuerte porque el Maybelline de Chachita se terminó. *Tono alto y risitas.* ¡Buenos días, me siento mucho mejor! *Esperanza.* Un truco que se puede hacer para los demás. *Abracadabra.* Mis papis no me sacan del Sor e igual me dan café.

La saltarina regresa

Las coletas están prohibidas, grita Alexa,
rondándome como un buitre en el recreo.

Ya pasó una semana desde que me hizo
caer, pero no está satisfecha. Los monitores

han visto mi peinado y nos están mirando
ahora, pero no dicen una palabra.

Ahora soy "la saltarina". Oí su lástima
en una canción murmurada a lo alto por

los pasillos. Me pregunto por qué Héctor
no tuvo que lidiar con esto, aunque el

suyo haya sido un intento de escape.
¡Ey, te estoy hablando, Great Bear!

grita Alexa, tratando de provocar tormentas
eléctricas, o al menos lluvias aisladas.

Los monitores traban las rodillas, firmes.
No quiero que Chachita y Papiringo

vuelvan a ver a la directora así que le
pido que se acerque para susurrarle: *Eres*

bonita, pero estás muy triste. Lo siento.

La cara se le vuelve un dibujo de Picasso.

Masa cruda

Le pregunto al Sr. Yeyé (cubierto de harina)
    por Treinta. Dice que hace rato que no
pasa por la cafetería, pero la última vez que la
    vio parecía un gancho: una percha
humana de la que colgaban el cuerpo y la ropa.
    Dice que cuando su sobrina desapareció,
su hermana tenía el mismo aspecto que Treinta:
    flaca, demacrada. No sé qué decir.
Como un robot, lo veo meterse en la boca
    un trozo de masa cruda que ha estado
amasando. Después la escupe y dice *¡Ay, Dios!*
    Sigo sin saber qué decir, y sé que Dios
seguramente no le conteste nada, así que como
    un poco de masa. *¡Mmm, sí que se van*
a vender!, digo. El Sr. Yeyé sonríe torcido.
    Lágrimas de rocío brotan de sus ojos.

Treinta ocupada

Treinta entra cojeando con el exacto mismo aspecto que describió el Sr. Yeyé. Le pide dos marranitos y café de olla, sin leche.

Yo: Te ves encantadora.
Treinta: ¿Sabes? [El cerdo a medio masticar me saluda]
El sarcasmo es el arma de los débiles.

Yo: Lo…
Treinta: Sé que tengo mala pinta. Di eso, mejor.

Yo: Lo siento.
Treinta: Eso sí que es nuevo.

Yo: ¿Dónde has estado?
Treinta: Estuve tratando de "mariposear" cosas.

Yo: Como tú digas.
Treinta: ¿Cómo va tu huracán?

Yo: ¡Fantástico!
Treinta: ¿Fantástico? ¿Encantadora? Ah, me encantan las coletas.

Yo: Ya sabes lo que dicen del sarcasmo…
Treinta: [Se ríe] Bueno, está bien. ¿Podrías leer esto?
Seguro es malísimo.
Yo: ¿Por qué yo?

Treinta: Porque me importa tu opinión. Por cierto,
la preparación H dejará de funcionar.

Yo: ¿Cómo supiste que…?
Treinta: Ocupada. Bye! [Me da una palmada en la cabeza como a un
perro al salir]

El poema de Treinta

La noche se come el cielo, y hasta las cucarachas
se esconden cuando intento combatir el viento,
la tierra y el hambre que quiebran el equilibrio
de mi pierna derecha de palo. Pero debo
hacer algo por ella. Hago guardia como
una lechuza tonta por su vecindario,
esperando que mis ojos y cuello
detecten a los malos: pasos
que no deberían retumbar de noche, autos
cuyo motor no debería interrumpir
la orquesta de hojas temblorosas.
Siento que la tierra se une a la oleada
silenciosa que me llega al pecho. El menisco
sediento de cartílago cruje un poco más.
Pero debo hacer algo para salvarla. El asfalto
frío se encuentra con mis nalgas y sé que
el sueño ha llegado para cobrar.
La noche me come entera.

—Treinta, Ciudad Juárez, "1999"

Tachado

Como unos pepinillos con lima y sal en El Colorín,
después le saco punta al lápiz.

La noche se come el cielo, ~~y hasta las cucarachas~~
~~se esconden cuando intento combatir el viento,~~
~~la tierra y el hambre~~[1] que quiebran el equilibrio
de mi pierna derecha de palo. Pero debo
hacer algo por ~~ella~~.[2] Hago guardia como
~~una lechuza tonta~~[3] por su vecindario,
esperando que mis ojos y cuello
detecten a los ~~malos~~[4]: pasos
que no deberían retumbar de noche, autos
cuyo motor no debería interrumpir
la orquesta de hojas temblorosas.
Siento que la tierra se une a la oleada
silenciosa que me llega al pecho. ~~El menisco~~
~~sediento de cartílago cruje un poco más.~~[5]
Pero debo hacer algo para ~~salvarla~~[2 (otra vez)]. El asfalto
frío se encuentra con mis nalgas y sé que
el sueño ha llegado para cobrar.
La noche me come entera.

[1] Las cucarachas no le tienen miedo a nada:
tienen alas, les encanta la basura, van a
sobrevivir a la guerra nuclear.

[2] No hay rastros de "ella": los pronombres
sin rostro son una pérdida de tiempo. Mejor
usar un nombre. Mejor una cara.

[3] El cuello de la lechuza es una plataforma
giratoria mágica. La lechuza es sabia. ¡Destrozar
este símbolo no es bueno ni preciso!

[4] "Malos" es tan insulso y confuso como "ella".
¿Qué malos?

[5] ¡Ayuda de todas las enciclopedias médicas!
Exageración. Lo entendimos: ¡cojeas!

—Anamaria, Ciudad Juárez, sin duda 1999

Priscila es Dios

Rodillas jóvenes, aceitadas, se acuclillan
junto a mí. *¿Crees que yo estoy triste?*

dice Alexa entre dientes. *¡Mírate! Tú*
eres… ¡Alexa, basta!, ordena Priscila,

su cabello crespo ardiente por el caos
de la juventud. *Tu madre no soporta*

escucharte. ¡Quizás por eso hablas,
hablas y hablas! El cuerpo de Alexa

le da lugar al de una criatura demasiado
pequeña y frágil para contraatacar. Corre

a esconderse en el baño. Pienso en
el dicho: mira a la gente con respeto,

como las liebres miran a Dios. Así es
como veo a Priscila ahora: poderosa

y buena, imponente allí arriba. *De nada,*
me dice, sin esperar las "gracias" que

debería haber dicho porque aún soy
pequeña y peluda mientras veo a esta

chica vuelta Dios ir adonde está Pipina. Los sollozos de Alexa llegan a todos los oídos.

Un avión de papel lleva una promesa

Una nota aterriza como avión ebrio en mi escritorio:
    Quizás tenías razón con lo de Héctor.
Giro y la media sonrisa de Margarita se encuentra
    con mi rostro en blanco. *Quizás*, escribo yo.
La nota pasa de una mano a otra hasta ella. La muñeca
    de Margarita se mueve furiosamente. Leo
los resultados. *Perdón por gritar. Sentía vergüenza e ira.*
    No dejo que nadie me afecte. Pero tú eres
mi amiga, y eso dolió. Ven a casa el fin de semana,
    por favor. Cecy y Brenda no dejan de
preguntar por ti. Me están volviendo tan loca
    como la vida de la que canta tu ídolo.
P.D.: Ricky Martin ama a Anamaria. Leo su
    nota tantas veces que estoy mareada cuando
suena el timbre para irnos. *¿Y? ¿Amigas otra vez?*
    ¿Para siempre?, dice Margarita, alzando
el dedo meñique como cuando éramos niñas.
    Lo aprieto con mi meñique y mi corazón.

El ducto pierde aire

Una ronda a viva voz entre mis papis.

Papiringo   Chachita

No quiero que vuelva a ir allí.

Pero necesita amigas.

*¡A la última chica se la
llevaron de allí*

*¡Se llevan a chicas de todos
lados!*

Puede ser, pero…

*¡La sobrina de Yeyé no vivía
allí!*

Pero está muerta igual.

Cae un alfiler.

*¡Abre los ojos! Ya sabes
qué chicas son las que
más se llevan.*

*Tengo los ojos bien abiertos.
A las que más se llevan es a
las pobres, pero ¡Anamaria no
puede dejar de vivir su vida!*

*Si desapareciera,
¿piensas que le importaría*

a alguien más que a nosotros?
¡Estas chicas perdidas no son
más que carteles de sangre
y tinta por los que
nadie hace nada!

¡Shh! ¡La vas a despertar!

¿No puede venir
la amiga aquí?

Nuestro vecindario no es mucho
más seguro.

¿Según quién?

¡Tú! ¡Todos! ¡También
somos pobres!

Sí, pero…

Ciudad Juárez es nuestro hogar
aunque diste mucho de ser
perfecto ¡y tenemos una hija que
necesita estar con amigas!

Un corazón perfecto

Papiringo me lleva a la casa de Margarita
en un silencio interrumpido solo por los frenos

de la camioneta. *Nunca salimos de su casa para
poder divertirnos*, digo para cortar una rebanada

del pastel de paz que él necesita. Lo saludo
desde la puerta de Margarita para espantar

un miedo que no puedo entender porque no
soy ni mamá ni papá. Cecy y Brenda saltan,

como si tuvieran resortes, al verme entrar.
¡Esta vez tienes que nadar con nosotras!, dice

Brenda con la voz de una mujer, no de una
niña de cinco años. *Mi hermana está afuera,*

dice Cecy. A la derecha, la puerta del patio
sale a una piscina mediana apoyada en el

suelo y apretujada en un espacio para una mesa
de picnic. A la izquierda, unas jaulas. *¡Son*

conejos! ¿Quieres verlos? Cecy me lleva
al meet-and-greet con las enormes criaturas

de dientes grandes. *Oye, recuerda que es*
mi amiga también, grita Margarita mientras

sumerge las piernas en el agua,
cantando la canción de *Tiburón.*

Brenda chilla con más alegría de Milky
Way. En este pedacito de mundo, estas

chicas y yo somos millonarias. *Que no*
nos pase nada, que crezcamos, rezo,

aunque aún no sepa cómo. Una sensación,
fuerte como el vinagre, me humedece los ojos.

Huelen mal, dice Ceci. *Quiero ojos*
grises como los tuyos cuando sea grande.

¡Ustedes dos, vengan a jugar al tiburón!, nos
interrumpe Margarita. Un conejo escurridizo

abandona mis brazos antes de poder decirle
a Cecy que la belleza está en sus ojazos café.

El débil acero de mis irises es solo una
bonita falta de pigmento que le cambiaría

en un santiamén por el corazón perfecto que
le palpita de alegría al ir con sus hermanas,

arrugadas por el cloro, en el agua ondulante.

Héctor, niñito tonto 2

Otra vez comemos mucho Pollo
Loco en la cena. No me importa:

me gusta el pollo asado, en especial
si está bañado de salsa verde. La

energía de Cecy y Brenda estalla
en una siesta tan rápido, tan llena

de paz, que Margarita y yo hacemos
lo mismo. Por primera vez en meses,

ansío que un colchón me abrace para
descansar, no una noche de tarea y

sueño entrecortado de código Morse.
Estamos acostadas, suspendidas entre

el suelo y nuestros sueños como de
hilos entretejidos por Dios. *¡Riiing!*

Margarita se levanta de un salto, susurra
lo siento, y se va. Su voz apagada se oye

nerviosa. Voy al pasillo de puntas de pie,
escondida, pero cerca para oír "Héctor".

Niñito tonto: ¿estás rogando perdón?

La nueva reina del cuadro de honor

Otra vez lunes. La primavera se ha ido, y el verano
          dice que es rey. La falda a la rodilla de la
directora Martínez está inmóvil, lista para anunciarnos
          como perros de carrera. Estoy tan cansada que me
concentro en el vaivén de la canción de los grillos para
          no dormirme parada. *Primer puesto…* He visto
granjas de grillos en tiendas de mascotas del Río Grande
          Mall… *Anamaria Aragón Sosa.* Estaban cool.
Te nombraron a ti, susurra Pipina. Los gritos ahogados
          callan a los grillos. *Segundo puesto: Margarita
Dospasos Sol. Tercer puesto: Priscila…* Me alegro
          por mí, por las tres, pero ¿perderé a Margarita
por esto? El chirrido de los grillos copa todo otra vez.
          Me raspa los oídos como clavos sobre vidrio.

No me importa

el primer

puesto. Me
importa

un puesto
en tu hogar,

contigo,
tus hermanas,

tus conejos,
tu piscina.

Escribo un poema
en mi cabeza

antes de ver
a Margarita

en el aula.
Las palabras están

listas para saltar
de mi lengua

pero ella las
detiene con

un high five.

Pastel de chocolate y disculpas

Para celebrar el primer puesto, Chachita hace un pastel de chocolate Betty Crocker, lo que no pasa seguido. Odia las tazas medidoras y hornear pasteles. Chachita dice que es hora de ver una película. El canal 32 es el que más nos gusta. Sus brazos delgados me envuelven, y huelo la sal y el azúcar en su piel. *¿Qué película pasarán?*, dice. Lo único que falta es Papiringo, pero uno de ellos tiene que estar en El Colorín. *¡El Mago de Oz!*, grita Chachita. Sonrío y la abrazo fuerte, fuerte. Es una casualidad de las grandes. La carta de Oz para Pipina sigue en mi Cuaderno. Esa película, *Love Story*, está equivocada. Justamente porque amo a Pipina debo disculparme. ¿Me perdonará? Solo hay una forma de saberlo.

¿El fin de mi mundo?

Encuentro a Pipina antes de que suene el primer
timbre del Sor. Siempre llegamos temprano.

Por miedo a la charla cara a cara sobre
puntualidad con la directora Martínez.

Le doy la primera carta: hambrienta, preocupada.
Quería hacerla bonita, dibujar algo, pero no

quise ofender la sensibilidad artística de
Pipina. Sus ojos se mueven para leer cada

renglón. Siento que me sudan las manos.
Si no me perdona, este quizás sea el fin

del mundo. De *mi* mundo. Si…
Me da un abrazo a la mexicana: fuerte

y eterno. Las lágrimas dibujan trazos
de alivio en mis mejillas. *Lo siento,*

lo siento, lo siento, susurro.
¿Quieres venir a ver Sexto sentido

este viernes en el Multicinemas
con Priscila y conmigo?, dice Pipina.

¡Sí, por favor!, respondo, aún abrazándola. Alcanzo a ver a Margarita.

El proyecto Pipina + Margarita

Almuerzo con Margarita, que está
más callada que de costumbre.

La veo con el rabillo del ojo.
Ser una chica y tener amigas

que son chicas es un mamaleche
tramposo en el que las líneas cambian

minuto a minuto. Busco en su sándwich
de fiambre, queso y mostaza, una metáfora

para salvarnos: *La mostaza acompaña muchas
cosas: las salchichas, las hamburguesas…*

Ella me apoya una mano en la cara. *Basta. Si
ya no me necesitas ahora que ustedes volvieron*

*a ser amigas, lo… lo entiendo. Esta
mostaza puede estar sola,* dice Margarita.

*Pero tú también eres mi amiga. Y antes
eras amiga de ella. ¿Qué pasó?,* pregunto.

Ya sabes qué pasó, dice ella, con un gesto
burlón. Insisto: *¡Ya sabes que a Pipina*

no le importa el dinero! A veces
habla sin pensar. Pero podríamos

ayudarla a entender que nuestros
mundos son distintos al de ella,

imploro. Margarita no dice nada.
Reconoce que tú y yo necesitamos

su ligereza para diluir nuestra... lo
que sea, ¡así que vayamos al cine

con ella y Priscila!, digo. *¡Ándale! C'mon!*
Le codeo las costillas. Sus mejillas redondas

forman un corazón con el mentón: *No*
prometo nada. Les preguntaré a mis papás.

Sexto sentido

En el cine, Pipina, Priscila y yo nos comemos las uñas en lugar de las palomitas. No llego a ver a Chachita, nuestra niñera "invisible", pero seguro estará haciendo lo mismo. Me hago sangrar el dedo cuando "Cole" de *Sexto sentido* dice que ve gente muerta. Antes de eso, no era más que un personaje que solamente tenía bullies, ningún amigo, y cenaba apio con leche junto a su madre parlanchina. Estoy respirando tranquila, y de repente una chica muerta aparece vomitando en la pantalla. Miro a la derecha y veo que Pipina y Priscila se tapan los ojos con las manos. Miro a la izquierda, donde se habría sentado Margarita. Ojalá estuviera con nosotras. La esperamos en el vestíbulo hasta que Chachita nos dijo que fuéramos entrando, que ella se quedaba un poco más. Seguro le habría dicho: *¡No da tanto miedo, tranquila!*

¿Han visto a mi hija?

Sexto sentido está
terminando. Cole se muere

por revelar una verdad
espantosa... *¿Han*

visto a mi hija?
Una voz, húmeda

y desesperada,
invade la sala.

Un shh colectivo.
¡¿Han vis-to a

mi hi-ja?! Giro
y veo dos cuerpecitos

aferrados a uno
más grande.

Se me seca la garganta.
Cecy me ve y dice:

Corrió a tomar el bus,
enojada, cuando mamá dijo

que no teníamos dinero
para el cine. ¿Está aquí?

La chica en una lista

Cuelgan carteles de chica desaparecida en los escaparates y los postes de luz. Los bichos aplastados tienen más color que la triste foto del anuario del Sor. La lista no me ayuda a reconocerla, ¿así que cómo la van a reconocer los demás en una ciudad llena de chicas desaparecidas?

- Altura: 1,60 m.
- Ojos y pelo: café.
- Piel: morena.
- Rasgos distintivos: pómulos marcados con manchas de acné.
- Vista por última vez: en su casa.

¿Qué puedo hacer para que su imagen hable? Nada. Paso la semana de receso rascándome los nudillos hasta que quedan en carne viva, sin que nada, nadie me conmueva. Paso días y noches escribiendo. Haciendo más nada.

Daisy, Margarita

donde estés,
quiero estar.
¿Es de locos
querer,
soñar,
que te hayas
ido con el Héctor
de leche?¿Desear
que los dos vivan
en una casa con
escritorios de roble
para que estudies
y diez piscinas
olímpicas para
jugar al tiburón?
Nos duele que
no estés. Cecy
y Brenda esperan
que abras la
puerta y jueguen
hasta que no
puedan más.
El primer puesto
es tuyo. Eres la
única reina del
cuadro de honor.

Bestia madre

Ciudad Juárez, te amo, pero no había sentido
tu rostro sangriento hasta ahora. ¿Puedes

ver a las muertas y perdidas? ¿Puedes ver
a Margarita? ¿La pupila de tu corazón

sangra por ellas o estás ciega? Juan Gabriel
dice que eres la número uno. ¿En qué?

¿En baches? ¿En calles rotas? ¿En alcantarillas
sin señalizar? ¿Es ahí donde están las chicas?

¿Se alimentan de agua sucia, polvo
y ratas? Ciudad Juárez, eres mi otra

madre y te lo voy a preguntar: ¿lloras
con nosotros como madre? ¿No podías

encender tus luces titilantes para
vigilarlas con tus viejos ojos? La voz

de Juan Gabriel no está. El águila y
la serpiente abandonaron el cactus, el nido.

Tú, madre. Duele amarte, Ciudad Juárez:
eres una bella, cruel y roja madre bestial.

Remate

Chachita y Papiringo me envían después de la escuela a lo del Sr. Yeyé, que me mira en tandas nerviosas de diez segundos. Entiendo por qué: traigo a mi amiga desaparecida para que se sume a su sobrina muerta. Su usual aroma a masa tiene olor amargo. No saluda cuando entra Treinta.

Treinta: Anamaria…
Yo: ¿Es este el remate?

Treinta: ¿Qué?
Yo: De que estés aquí.

Treinta: Traté de salvarla. Hice guardia todos los días. Yo…
Yo: Basta. Desaparece. Vuelve a donde, a "cuando", perteneces.

Treinta: Pero ¡luché para salvarla! Vigilé su casa por las noches.
De eso trata el poema.
Yo: ¿Y qué pasó? ¿Se cansaron tus ojos de "lechuza tonta"?

Treinta: [Unas lagrimas llenan el contorno de sus ojos]
Yo: ¿O estabas muy ocupada escribiendo poemas?

Treinta: Claro que no…
Yo: ¿Cómo pudiste perderla?
Treinta: Lo siento muchísimo, no… ¡Todo cambió!
El efecto mariposa…

Yo: ¡Esto es culpa *tuya*, no de un insecto!

Treinta: [Un gimoteo desconsolado sale de ella]

Sr. Yeyé: ¿Qué está pasando, Anamaria? [Viene corriendo, unas servilletas flamean en sus manos]

Golpe de remate

Anamaria, come con nosotras, por favor,
implora Pipina, jalándome de la manga.

El recreo es mi momento para bullir,
para que los ojos me crujan de tan

secos por mirar el cartel de Margarita
sin parar. *Ey, ¿cómo estás?,* pregunta

Héctor, su voz una pausa pasajera. Giro
y veo a todo el séptimo grado mirándome

desde sus tontos lugarcitos. Giro y
veo su rostro de leche. *¿Sabías que*

se la llevaron por su casa de bloques
de concreto? ¿Porque tenía una piscina

pequeña y no una olímpica, como tú?,
lo acuso. Héctor piensa, pero yo soy

más rápida. *¿Es por eso que desapareció ella,*
en lugar de ella?, digo señalando a Alexa,

que estará disfrutando el escándalo, a pesar
de su rostro ceniciento. Se me acerca.

Tch, tch, Great Bear. Se supone que los
primeros puestos son inteligentes. Tu amiga

era superpobre, sí, pero ¿qué más
era? Mírate. ¡Piensa!, dice Alexa,

su voz seca y acalorada. Ella espera a que
yo haga lo que dice, pero no sé a qué

se refiere. Me sujeta el brazo, y lo pone
al lado del suyo. *¡Míranos! Tenemos*

la piel clara. Blanca. Ella era morena. Como
casi todas las chicas muertas. Mira los carteles:

es como ver doble. ¡Triple! ¡Despierta!
dice Alexa, soltándome el brazo. Pruebo

con el consabido conteo hasta diez al sentir
que las manos se me hacen puños. *La vi*

suspirando por Héctor. Nunca iba a suceder.
¡Agradece que alguien le matara ese sueño!,

dice Alexa. Siento que los números nueve
y diez se escapan por las hendiduras

de mi cerebro ardiente, y mi puño
da contra su blanco, blanco rostro.

Pobres chicas

¿Quién está atendiendo El Colorín?, les pregunto a Chachita y Papiringo cuando no doblamos por la calle Adolfo López Mateos. Ninguno responde. Me fueron a buscar al Sor después de que los llamó la directora Martínez. Llegamos a casa. *¡Espera!*, dice Chachita para detener mi marcha a la habitación. *Sé que te está pasando algo... pero te han suspendido, y esa pobre chica tuvo que ir de urgencia al dentista.* El canario de Papiringo está mudo. *Quizás... pero esa "pobre chica" dijo que se llevaron a Margarita porque era pobre y morena, y que yo estoy a salvo solamente por el color de mi piel,* espeto. Lo blanco de los ojos de Chachita se inflama con gruesos hilos rojos.

Chicas quebradizas

Mi casa es un castillo
de cristal: un sonido

repentino y se
quebrará. Espero oír

por el ducto
que mis papis

se han cansado de mí
aunque me amen. Pero

¿cómo podrían amarme
a *mí*, que les parto los

dientes a las niñas?
Ciudad Juárez ya

está tan
quebrada por

los cuerpos
de las chicas

y las mujeres
en medio del

desierto. ¿En qué
me he convertido?

Cero

Soy un cero. Nada.

Soy cero como hija y amiga.

(prueba: Margarita desaparecida. prueba: Pipina

herida). Soy   los ceros de

mis 100.   Una calificación.

Un número.   Nada más.

Ni siquiera   H0n0r. Ella

tampoco es nada: una mentira

un sueño   un susurro de

quién es mejor.   Quién es el

alfa solitario.   Soy un cero:

gorda pero sin   un corazón

joven y bueno. En vez de eso, tengo dentro

un carbón. Los ceros dentro de mí gritan

Ooooo, Ooooo, Ouuoo.

Margalexa

Sueño con Margarita.
Salta del segundo

piso del Sor. Un pozo
de grillos con piernas

de cuchillo detiene su
caída. Salto tras ella,

los brazos estremecidos
llenos de cortes.

Ella emerge, sin ojos,
cubierta de una densa

pintura blanca, el
pelo enredado en

cerdas de escoba
rubias. *Soy Alexa.*

¿Quieres ser amiga?
dice con una sonrisa

sin dientes. Me
despierto, temblando.

Corro a buscar
mi Cuaderno.

Poema para Chachita y Papiringo

Mami y papi.
Perdón por hacer
sangrar a una chica.
Aunque la chica hablara
con veneno. Aunque la
chica me hiciera sangrar
a mí cuando me hizo
caer. Aunque…
Así estoy: sin dormir,
solo pesadillas, en la
noche hago tarea.
Me como todo lo
que vea. Los oí
por el ducto: entro
en una categoría de
chica perdida: "pobre".
No entro en la de
morena. Pero: una chica
es una chica es una chica.
Eso significa… no sé
bien qué significa,
pero lo siento. Seré un
mejor yo para ustedes.

Poema para Chachita

Mami ▮▮▮▮
Perdón ▮▮▮▮▮
▮▮▮▮▮▮▮▮▮▮▮

▮▮▮▮▮▮▮▮ *[que] hablara*
con veneno. Aunque la
chica me hiciera sangrar
▮▮▮▮▮▮▮▮▮▮

▮▮▮▮▮▮▮

Así estoy: ▮▮▮▮▮
solo ▮▮▮▮▮▮
noche ▮▮ *tarea.*
▮ *como* ▮▮▮▮
▮▮▮▮▮▮▮
▮▮▮▮▮▮▮▮▮
▮▮▮▮▮▮▮

▮▮▮▮▮▮ *[y chica] "pobre".*
▮▮▮▮▮

▮▮▮▮ *Pero: una chica*
es una chica es una chica.
Eso significa... ▮▮▮▮
▮▮▮▮▮▮▮

▮▮▮▮▮▮ *Seré un*
mejor yo para ustedes.

Poema para Papiringo

██████ *Papi,*
Perdón ██████
██████████████
██████████████████
██████████████
██████████████
██████████████
██████████

Así estoy: sin dormir,
solo ██████████
noche ████████
██████████████
██████████ *oí*
por el ducto: ████
██████████████
██████████ *[yo = chica] "pobre".*
██████████████
██████ *Pero: una chica*
es una chica es una chica.
Eso significa… ████
██████████████
██████████ *Seré un*
mejor yo para ustedes.

Poema para mí

[Anamaria] █████████

█████████

█████████

█████████

█████████

█████████

█████████

███████

█████████

███████

███████

███████

███████

█████████ [entras]
en una categoría [:] █
chica [triste] █████████

███████

███ Pero: una chica
es una chica es una chica.
Eso significa… ████ [las chicas
son todas iguales. O eso
pensaba. Por ahora, creo
█████████ que solo
seré] ████ yo.

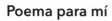

Chica

¿Qué es una chica? ¿Su color, su piel, su cara, sus ojos, sus mejillas, su mente, su vientre, su mami, su papi, su dinero, su ira, su alegría, su vida, su muerte? No creo. Las chicas no son bancos de palabras, resúmenes, listas ni titulares. Las chicas son historias. Creo. Pero ¿se contarán todas? ¿Se leerán todas? ¿Tendrán todas un final? No lo sé. Alexa dijo bastante cuando la historia de Margarita se lanzó en tres palabras: pobre, morena, desaparecida. Esto me tiene loca-triste porque no entiendo o no puedo. ¿Es pura suerte si no podemos elegir nacer ricas y blancas? ¿Y por eso las desafortunadas son frutas magulladas cuyo final será en la basura? Esto me tiene girando en círculos horribles e injustos, sin salida. Ni siquiera en la biología, donde una chica es un icono mudo: una O sobre una cruz al revés. Nuestras historias, un rayón. Por eso uso un corazón: para sentir mi pulso, respondo: una chica es humana.

Eso

La canción dispareja de los grillos
suena fuerte en el patio del Sor.

¿Sobre qué será esta reunión si la
expulsión tendría que ser mi *fin*

por golpear a Alexa? Gotean palabras
de los labios de la directora Martínez

como savia amarga de un árbol, hasta
que me dice: *si quiere seguir en el Sor*

tiene que cantar. Me pellizco
para ver si estoy en un sueño

mortal. No. ¿Por qué piensa que
puedo hacer *eso*? Es decir, canté

en el triste coro minúsculo del Sor
en la escuela primaria y como

solista una o dos veces hasta que el
Sor declaró inútil el canto. Pero ¡fue

hace años! ¿Por qué ahora? *El Sor*
debe competir en todos los concursos,

dice, leyéndome la mente. *¿Quiere agua?*
¡Mi ficus falso parece más vivo que usted!

Detalles de eso

Canción: "Buenos días, señor sol". La ciudad
            entera conoce lo ambicioso y aguafiestas
que es el Sor. ¿Pensará la directora Martínez
            que una canción alegre me dará ventaja?
Compositor: Juan Gabriel. Perdóname, Juanga,
            voy a descuartizar tus palabras con mi
garganta. Concurso: Olimpíadas Regionales de
            Canto de Escuelas Secundarias. Cuándo:
en una semana. Problema 1: Sigo sin saber cantar.
            El polvo de hadas escasea. Problema 2:
Nadie me enseñará. Tampoco hay quien me enseñe.
            Debo practicar sola. ¿Cuenta cantar en la
ducha como casi todos los que no son Christina
            Aguilera? Problema 3 (por si se me olvidaba):
cantar con "orgullo" por el Sor, y también conservar
            el primer puesto en el cuadro de honor
porque si no, sayonara adiós Anamaria baby be gone.

La llorona

Volví al Sor. La mochila se
siente extraña sobre la espalda.

Veo al profesor López Austin en
el patio. Me sonríe a medias y se

esfuma al mejor estilo Houdini.
Desde el baño, se oye un llanto

desconsolado. Entro. Ella intenta
el truco de los pies sobre el inodoro.

¿Estás bien?, pregunto, yendo
hacia el baño de al lado. *Ey,*

háblame. No le contaré a nadie,
digo. Los gritos de La Llorona son

susurros al lado de los de esta chica.
Nadie-nadie-nadie-me-entiende-y-

nadie-me-quiere, dice, *ni-siquiera-*
mi-mamá-y-tengo-tanta-hambre-

y-estoy-tan-cansada-que-me-quiero-
morir. ¿Me en-tien-des?, digo que sí

porque, para bien o para mal,
en verdad, en serio la entiendo.

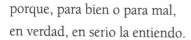

La llorona revelada

¿Quién eres?, pregunta la chica. *Anamaria, ¿tú?* La chica sale. Abre mi puerta de una patada. La cara de Alexa está llena de manchas de llanto. *¡Como si con mi diente no alcanzara! ¡Mira, ahora tengo uno de mentira!*, dice, señalándose el diente de adelante. Parece un Chiclet. *Golpéame, me lo merezco,* digo, ofreciéndole mi cara. Sus nudillos se levantan. Cierro los ojos y espero. Y espero. Espío y veo que tiene el pelo rubio marchito. Sus ojos, un azul que lastima. *¿Por qué tienes hambre?*, pregunto. *Ya oíste lo que dijo mi mamá. Estoy gorda. Así que no como mucho. Soy fea. Así que me pongo brillo labial y me pinto las uñas. Pero. Soy más que esto, soy…* dice ella, mirando el suelo. *No eres fea. Ni siquiera eres bonita. Eres hermosa,* digo. Su sonrisa es débil. *Lo siento. Por todo. Pero nadie me quiere. Quiero que se termine todo ya,* dice ella mientras se va.

Reloj despertador

Me despierto con la voz de Chachita y las palabras de Juan Gabriel:

Todas las mañanas que
entra por mi ventana

el señor sol, doy gracias a
Dios por otro día más.

Hoy como otros días,
yo seguiré tratando

ser mejor y sonriendo
haré las cosas con amor.

¡Buenos días alegría,
buenos días al amor!

¡Buenos días a la vida,
buenos días, señor sol!

Algunos cantan para rezar, dice Chachita, besándome la cabeza.
Canta por Margarita.

Margarita bailarina

Golpeteo el micrófono. *Hola, ¿cómo están todos?*, pregunto como una Oprah mexicana de tercera. Tengo la camiseta pegada a las axilas. Se aclaran varias gargantas. *Esto es "Buenos días señor sol" por Juan Gabriel,* digo, levantando el puño con orgullo juarense. Nada. Empiezo a cantar y siento que unos carbones me queman las mejillas. Me tiembla la voz. Cuando llega el verso *Doy gracias a Dios por otro día más,* no podría darle menos gracias a Dios. Siento que me corre brea por la espalda. Levanto la mano libre y la muevo de un lado al otro para electrizar corazones. Nada. *Alguien salve a la monjita,* grita una persona. En verdad deseo que alguien salve a esta monjita, hasta que veo a Margarita: las mejillas ruborizadas, el pelo negro brillante, bailando entre las filas de asientos como la payasita más linda que he visto. Las piernas ya no pueden aguantar mi peso, se me doblan las rodillas. Todo se pone negro.

Sol de sandía

Los pies de Margarita
cuelgan de un flamenco

inflable que la lleva
sentada rozando un mar

de canicas azules. *¿Qué*
tal Sexto sentido?, pregunta.

Los dibujos animados, las pelis
de chicas y los documentales

gustan mucho por aquí. También
jugar al Clue, a la lotería y

al restaurante. Pedimos
lo que queramos y ¡puf!

aparece, dice. *¿Pedimos*
quiénes?, pregunto. *Las chicas*

de Ciudad Juárez. De las de 1
a las de 99. Pero a las de 99 las

obsesionan las escondidas. Uf,
dice. *También espío a Cecy,*

a Brenda, a mis padres. A todos
los que amo, dice. *¿A Héctor*

también?, pregunto. *Solo*
me gustaba, pero puedo

tocarle la cara si quiero.
Aunque está hecha de

arcilla y nubes,
dice. *Lo siento,* digo

yo. *¿Por qué? Él habla*
menos así, dice ella.

Lo que miro seguido es
Anamaria TV. ¿Podrías

prometerme algo?,
me pregunta Margarita,

extendiendo el dedo
meñique. Le doy el mío

sin saber qué prometo.
Vive, me ordena, *por mí.*

Por todas nosotras.
Ella sonríe, el hoyuelo

de su mentón es lo último que
veo antes de que se vaya remando

hacia un sol de sandía.

Una rebanada de Treinta

Los pitidos de la línea
verde de mi corazón que

sube y baja me despiertan.
Hace frío en el hospital.

Mi lengua exige agua,
comida, pero tengo los

brazos conectados a una vía.
Veo a Chachita durmiendo,

doblada sobre sí misma.
Una nueva arruga le

cruza la frente. Quiero
decir: *Mami, vi a*

Margarita. Juega...
toca... dice...

pero mis ojos son cortinas
de plomo que penden de

un hilo. Veo una rebanada
de Treinta que se acerca

antes de que mi cerebro
se entregue al sueño.

Zumba un ducto diferente

Un coro de pensamientos resuena en mi cabeza: Aún en el hospital. Desmayarse no es para los débiles. Hambre, Sed. Esto último me hace abrir los ojos a medias.

Papiringo	Chachita
¿Hija?	
	¿Te despertaste?
¿Cómo te sientes?	
	Tenemos que hablar.
El Sor quedó en el pasado.	
	La matrícula irá para una escuela mejor.
Para una escuela que sea más humana.	
	¿Quizás podamos encontrar a alguien que ayude de otro modo?
¿Alguien como… un loquero?	
	Para un psicólogo.
Te amamos, hija.	
	Tal como eres. Pero desde que eras bebé siempre fuiste una pequeña adulta. Ve más despacio, por favor. La vida es muy corta.

La vida es valiosa.

Y tú eres valiosa para nosotros.
Recuerda que te amamos.
Muchísimo.

¿Hija?

Creo que se durmió otra vez.

Ah.

Me pregunto adónde irá
cuando duerme.

Me pregunto si sabrá
que es mi niña bella.

Creo que deberíamos
preguntarle. Dejarla hablar.

Los zumbidos tranquilizadores del ducto se convierten en la canción de cuna que toda hija quiere oír. Me duermo profundamente.

Priscila me llama

Leo las indicaciones del médico en mi mesa de noche: "reposo".
Chachita habrá tenido algo que ver con eso. *¡Teléfono, Anamaria!*,
exclama Papiringo. El *"hola"* de Priscila es más fuerte que de
costumbre. Pasan cinco segundos. Bandejas chocan con bandejas.
Creo que está en una de las panaderías de sus padres. *Lamento que
Margarita no esté. ¿Cómo te sientes?*, dice. El *clan-clan* sigue. *Ey, tu
pastel de la tabla periódica estaba delicioso,* digo. *¿Sí? Se derritió, pero
gracias,* dice ella. *¿Priscila? Gracias por ser amiga de Pipina cuando
yo no lo fui, y por defenderme aquella vez,* digo. Pasan cinco segundos
como un sonrojo, las bandejas dejan de chocarse. No sé cómo, la
oigo sonreír. *De nada,* dice. *¿Has oído hablar de las liebres y Dios?*,
empiezo a decir yo, hambrienta por una amiga nueva.

Situación

Al entrar al Sor, parece más pequeño que antes. Como
          una bodega fría cuyo espacio está vacante.
Solo oigo unos grillos a lo lejos, quizás porque
          ahora duermo mejor. Sin dudas estoy más
viva que el ficus artificial de la directora. *Pasa*,
          la oigo decir. *Así que nos abandona, Srta.*
Aragón Sosa. Qué desperdicio, dice, sin aguardar
          un segundo. *Tenía mucho potencial, igual*
que ella... la Srta. Dospasos Sol. Margarita. Era...
          era encantadora. Se aclara la garganta.
No puede mirarme a los ojos. La fachada que se
          derrumba me recuerda a Alexa. A chicas
que se ocultan bajo la ira o el brillo labial. *Adonde*
          vaya ahora, le deseo suerte, me dice.
Entra una monitora con cara de caballo espantado:
          Señora, tenemos una... situación.

Ella quiere volar

Golpeteo los pies contra las baldosas mientras
la directora Martínez resuelve "la situación".

Algo me embarga. Ya no soy parte del Sor:
de los aplausos mudos, el empapelado color

ladrillo o la carrera por el cuadro de honor.
Me froto el pecho para aliviar la pérdida, pero

también siento esto: entusiasmo. ¿Cómo será
ser otra persona cinco días a la semana? ¿Quién

seré entonces? Una palmada en el hombro me
sobresalta. La monitora cara de caballo dice:

Ven, quizás puedas ayudar, dado tu… incidente.
La miro, confundida, y espero que me explique.

Solo me sujeta del brazo como un gancho,
y corremos por el patio hasta que llegamos

a la escalera, que subimos de a dos escalones.
Una corriente fría me seca el sudor, y antes de

poder recobrar el aliento, sé nuestro destino:
el hueco. Veo primero a la directora Martínez,

cuyo brazo apunta a una cabeza de pelo rubio.
Tierra y cemento se arremolinan alrededor de

los pies: uno clavado en el suelo, la mitad del
otro clavado en el aire, como si probara cómo

está el tiempo. *¿Alexa?*, digo. Nada. *¿Alexa?*,
repito. El vacío que sentía en el pecho hace unos

minutos se ha vuelto un hormiguero. *Nadie
me puede detener,* dice ella sin mirarme.

Alexa, mírame, ruego más fuerte de lo que quiero.
Le cruje el cuello. Solo veo su silueta mojada.

*Vete, Anamaria. Estoy cansada de luchar para
que me quieran. Perdón por todo,* me dice.

Debo hacer algo más, así que digo: *¿Y si
saltamos juntas?*, mientras doy unos pasitos

hacia ella. *¿Y por qué vas a saltarías tú? Yo
merezco desaparecer. Más que Margarita.*

¡Más que cualquier chica de esta ciudad! Alexa
llora, así que corro hacia ella, ignorando el viento

que mueve el dobladillo de su uniforme y mis
pantalones. Le doy la mano. *Oye. Ninguna chica*

merece esto. Vivamos para honrar a Margarita y a
todas las que perdimos, digo. Alexa me mira al fin.

Tic tic 2

Tic tic, mi ventana se queja, pero no más que yo.
    El reloj marca el mediodía, pero siento
algodón en los ojos. *Tic tic.* Me froto las sienes
    mientras me dirijo a la luz que entra por
las cortinas. Es Treinta. Es un día entre semana:
    Chachita o Papiringo podrían estar aquí.
Ella se golpetea la muñeca, insistiendo para que me
    mueva. No estoy de humor: después de que
Alexa y yo salimos enteras del hueco, nos llevaron
    ruidosamente en ambulancia a una sala de
urgencias donde una enfermera nos dio Chupa Chups
    mientras esperábamos al médico, quien le
preguntó a Alexa: *¿Ya estás mejor?,* sin escuchar la
    respuesta, al menos no tanto como a su corazón.
Ella asintió y él nos mandó a casa. Alexa parecía bien,
    pero toda la noche pensé en qué tan bien y por
cuánto tiempo... *tic, tic.* Treinta gira una perilla invisible,
    los ojos saltones. *Luego,* digo sin hablar. Ella
se palpa los jeans. Se palpa el rodete despeinado de abuela.
    Un bolígrafo aparece entre el nido de pelos. Escribe
algo en su palma, después la apoya contra el vidrio:
    Te está cuidando el Sr. Yeyé. Abre.

Caleidoscopio

El Sr. Yeyé silba una tonada rara en una cocina cubierta de azúcar glas.
Se oye el golpe de Treinta a la puerta. *Hola,* le digo y le hago un
gesto para que vaya a mi habitación, donde me zambullo de cara en
la cama.

Treinta: ¿Cómo estás?
Yo: A… xa s…ó.

Treinta: No te entiendo nada con el rostro contra el colchón.
Yo: Alexa saltó.

Treinta: *¿Qué?*
Yo: Espera, perdón. *Quiso* saltar. Pero no saltó. Está bien.

Treinta: ¿Qué ocurrió?
Yo: Dije algo para detenerla. Tenía que decir algo.

Treinta: ¿Qué le dijiste?
Yo: Solo le dije que viviera para honrar a las chicas que han muerto.

Treinta: Qué hermoso. Ojalá alguien me lo hubiera dicho.
Yo: ¿Qué quieres decir?

Treinta: Yo salté de verdad.
Yo: ¿Es por eso que cojeas? ¡No puedo creerlo!

Treinta: A veces ni yo puedo creerlo, pero sí. [Me toca la rodilla]
Yo: [Apoyo la mano en la de ella]

Mi habitación se convierte en un caleidoscopio gigante.

En el hueco, en la época de Treinta

El viento silba *altosalta*
altosalta. Está sola, aunque
la cabeza le bulle con imágenes
de Margarita en una tumba llena
de cactus en flor. El polvo en
el suelo de cemento del Sor
se marca con los pies que saltan.
Ninguna mano la sostiene al
caer. Los pensamientos no tienen
cuerpo, salvo Margarita como
una chica alada que dice
"no". Solo siento un fantasma del
dolor de su rodilla rota, pero es terrible.
La cabeza duele en oleadas
negras. El arrepentimiento, en
palabras: *SolAireAguaComida*
ChachitaPapiringoPipina
MargaritaSrYeyéPoesía
PalabrasCienciasCiudadJuárez
AmorVida. Aros de luz
vienen y van mientras abre
los ojos pesados. Llora.
Susurra: *Estoy viva.*
Estoy viva. Estoy viva. Estoy.

En mi habitación, en mi época

Yo: [Lanzo un grito ahogado]
Treinta: [Lanza un grito ahogado]

Yo: ¡Eso fue horrible! ¿Por qué saltaste?
Treinta: Una tristeza con garras. Dentro de mí, por mí, por
Margarita.

Yo: ¿Una tristeza que no se quiere ir? Creo que siento lo mismo.
Treinta: Entonces debes decir: *Papis, necesito ayuda. Estoy
deprimida.*

Yo: ¿"Deprimida" es el término poético para cómo me siento?
Treinta: Es el término "oficial". A veces los adultos
necesitan ponerles nombres oficiales a las cosas.

Yo: ¿Por qué no hablaste con Chachita y Papiringo cuando tenías
trece?
Treinta: Tenía mucho miedo. Pero tú eres más valiente que yo.
Supongo que no somos exactamente iguales.

Yo: ¿Por qué no me contaste todo al principio?
Treinta: Creo que era *yo* la que no estaba lista. Perder
a Margarita me quebró, y no sabía cómo contártelo todo
sin asustarte más. Perdóname.

Yo: Sé que intentaste de todo para salvarla, pero…
Treinta: Lo siento. Yo…

Yo: *Pero* sí me salvaste a mí.
Treinta: [Lágrimas le nublan la vista]

Yo: No salté. No saltaré nunca.
Treinta: ¿Lo prometes? [Le tiembla la voz]

Yo: Lo juro por la Virgen, Jesús y Juan Gabriel.
Treinta: ¿Porque te amas *a ti?*

Yo: Aún no sé bien qué significa eso, pero te amo a *ti.*
Treinta: ¿A mí? ¿En serio? ¿Por qué?

Yo: Eres inteligente. No tienes miedo. Tu poema estaba bastante bien. Y eres hermosa.
Treinta: Eh… gracias.

Yo: De nada.
Treinta: Tú también eres inteligente, hermosa y…

Yo: ¡No, por favor!
Treinta: ¿Qué dice Chachita sobre los halagos?

Yo: "Solo da las gracias".
Treinta: ¿Y qué dije yo sobre las calificaciones?

Yo: Que *no* soy mis calificaciones, que soy… soy…
lo olvidé. Es algo cursi.
Treinta: Eres el amor…

Yo: Que doy y que recibo, ¡claro! Y *yo* digo…
Treinta: ¿Qué?

Yo: Si tú eres yo, y yo soy tú, ¡entonces amarte a ti es amarme a mí!
Treinta: ¿Cómo?

Yo: Treinta me habla de amor, pero ¿yo no puedo?
Treinta: ¡Okey, tú ganas!

Yo: ¡Al fin! Espera aquí. Tengo que ir al baño.
Treinta: Aquí estaré… ¡niña bonita!

Yo: Gracias, gracias. [Hago una reverencia]

Qué es amarte a ti

Unos riachuelos rojos se van
por el inodoro, tomo una Kotex

y me lavo las manos. Me miro
los ojos tristes, el bigote y

el vientre blando en el espejo:
hermosos a su manera.

Pero ¿y lo que no puedo ver?
Músculos, huesos, células

y máquinas minúsculas que impulsan
mi cuerpo. Cosas, un millón de cosas,

podrían haber salido mal, desde
el espermatozoide y el óvulo

que me hicieron. ¿Y si este par
no se encontraba? Yo no sería yo.

Momento… Directamente no *sería*.
Pero aquí estoy: la parte de atrás de

la cabeza linda, el cerebro combatiendo
una tristeza con garras. Pero…

yo soy... Y porque existo tengo
tantas cosas, como las que pensó

Treinta cuando dio el salto.
Su miedo a perder la vida en

un abrir y cerrar de ojos le corría
profundo y eléctrico de la cabeza

a la punta de los pies. Momento...
¿Amarte a ti significa amar que

estés viva, con defectos y todo?
¿Puede ser *tan* simple? Es hasta...

cursi. ¡No me gustan nada estos
puntos suspensivos! Pero si es así,

¿por qué no lo dijo Treinta? ¡Momento!
¡Seguro que ni ella siquiera lo sabe!

¿Querer ser la reina del cuadro de
honor de amarte a ti y superar a

Treinta en eso de hablar raro de amor es
una señal de mi antiguo yo? Quizás, pero...

¡No me importa! Me echo agua
en la cara para afilarme la lengua

antes de volver con ella y regodearme:
Yo sé qué es amarte a ti, ¿y tú?

La fui a buscar

Fuera de la casa. Quizás
me demoré mucho en el baño.
Quizás las toallas con envoltorio
verde lima son la magia de sangre
que la trajo aquí. Quizás. Pero
Treinta se fue. Solo queda una
hebra de su cabello. Esperé todo
el día su *Nos vemos en el stand*
de comida a pesar de no estar en
el Multicinemas. Esperé toda la
noche. En la cocina, tomé leche
y pensé en *ella*: mi futura yo,
pero también no un yo exacto.
Yo supe cosas que ella no sabía
a los trece porque me las dijo,
me las mostró, para que mi vida
fuera distinta. Mejor. Y ya lo era:
yo no salté como ella.
Pero yo había tenido suerte.
Ninguna chica debería esperar
a que llegue su propia Treinta.
Porque quizás no llegue. Pienso
en Pipina, Priscila y Alexa. Pienso
en cómo hablar del amor raro
de Treinta sin ser *tan* rara.

Buenas noches, Treinta.

Good night.

¡Ayuda!

Me cosquillea la garganta. Las palabras
parecen fáciles hasta que se dicen. Elegir

el momento y el lugar también cuesta.
Treinta no me preparó para eso. Al final,

pasó en el auto, por la mañana, en un
semáforo de la calle Adolfo López Mateos

cuando volvíamos a El Colorín después
de ver escuelas nuevas, y no decidirnos

por ninguna. Unos niños nos ofrecieron
limpiar el limpiaparabrisas, unas abuelitas

tarahumaras pedían córima con las faldas
floreadas, los vendedores de *El diario* mostraban

a otra chica encontrada en la primera plana.
Un día normal en Ciudad Juárez hasta que

vi a una Margarita transparente, iridiscente,
jugando a las escondidas entre los gases de

los autos. Sus mejillas redondas eran rosa neón,
vivas, aunque yo sabía que ella no lo estaba. Pero

yo sí. *Muy viva.* Y lo escupo, como goma de mascar: *Estoy deprimida. Necesito ayuda. No se asusten.*

Un amor distinto

El Sr. Yeyé está haciendo simones cuando entro en la cafetería. Mi nariz absorbe el glaseado y la canela enrollados. Él me pregunta cómo me fue en la primera consulta con la loquera. *Estuvo bien. Solamente hablamos,* digo. Él dice que está contento de que alguien me ayude a sentirme mejor. Ya me siento mejor, pero no por Ciudad Juárez. *Sr. Yeyé, ¿odia a nuestra ciudad por haberse llevado a su sobrina?,* pregunto. Sus manos dejan de enrollar masa. *Se la llevó alguien, no Ciudad Juárez, y el odio no les sirve de nada a las chicas que siempre amaremos,* dice. Nunca lo pensé de esa forma. *¿Entonces ama a Ciudad Juárez?,* pregunto. Dijo que siempre la amaría, y yo también, ¿no? *Sí,* digo, pero pienso en esto: mi amor por Ciudad Juárez ahora es más tierra que flor. Más mujer que niña.

13 = 30

Arte de niña mujer

Toc. Alzo la vista de mi poema 13 = 30
trazado y tachado. Pipina, Priscila y

Alexa entran como tres mosqueteras
adolescentes. *¿Otro poema?*, dice Alexa,

mirando el Cuaderno abierto. Sí. De hecho,
la poesía me encanta tanto como ciencias,

confieso, ruborizada. *Genial,* dice Alexa.
¿Desde cuándo?, pregunta Pipina. *Prefiero,*

los cuentos y las matemáticas, dice Priscila.
¿No es cursi la poesía?, digo, la vista al suelo.

No, ¿por qué? Además, es tu arte, dice Pipina.
El mío es dibujar, el de Priscila, los números,

y el de Alexa… Pipina tambalea. Nuestros ojos
buscan respuestas en cualquier parte salvo en la

cara de hada de Alexa. Dice: *Aún no me conocen,*
pero mi arte es… No puede llenar el espacio en

blanco o no quiere. *¿Dillard's?*, sugerimos Pipina,
Priscila y yo a la vez. Pasa un minuto, y después

Alexa estalla en carcajadas. Y caemos, como
fichas de dominó, en su inesperada ligereza.

¡Ay, no, creo que me hice pis!, dice Pipina,
ahogada por las lágrimas. Nuestras vejigas

están al borde, pero no podemos parar, ni
siquiera con el coro de *¡Ya! ¡Basta! ¡Paro*

si tú paras! Tras el ataque de risa, le pregunto
a Alexa cuál es su arte. *¿La verdad? Leer.*

Leo sin que me digan. Leo de todo. Creo
que mi arte también es peinar y maquillar.

¿Es una tontería?, pregunta Alexa. *¡No!*, digo yo.
¿Sabes? Alguien me dijo que me soltara los rizos.

¿Me ayudas?, le pregunto. ¡Sí, por favor!, dice
Alexa, sonándose los nudillos. *¿Esto es una carta*

de amor?, pregunta Priscila, señalando una nota
que yo no había visto. Se le habrá caído a Treinta

cuando desapareció. *Quizás,* digo yo. Los
"*Oooo*", "*Noooo*", "*Guau*", de ellas inundan de luz

mi habitación, un lugar en el pecho aún dolorido
por la pérdida de Margarita, y una palabra: Niña.

Chica. Es humana. También es arte,
y la costilla de alguien que burbujea bajo

su propia piel, audaz: una mujer.

Anamaria de trece años, soy Anamaria de treinta años...

Los 13 fueron solo el comienzo de una hermosura rara para mí. Este es un vistazo:

A los 15: Tuve una hermosa fiesta de quinceañera. Sudé como un cerdo con el tul y las cuentas del vestido, bailando toda la noche. Me desperté dolorida pensando que había soñado todo en una noche febril. No fue un sueño, y ojalá lo hubiera disfrutado más. Antes de eso: debería haber ayudado a Chachita con el glaseado de los pastelitos que puso en cada mesa. Debería haber hecho que Papiringo bailara más conmigo. Debería haber elegido a un amigo de verdad para ser el chambelán, mi pareja de baile principal. O mejor aún, ¡no debería haber hecho una fiesta! ¿Y si en lugar de ahorrar dinero para el festejo, hubiéramos viajado al sur de México? México es una joya de asfalto, desierto, jungla y playa que esperé demasiado para ver.

A los 18: Los pechos, la cintura, las estrías, tener que afeitarme... parecía un castigo por ser mujer. Algunas de mis amigas tenían curvas. Algunas eran delgadísimas. Otras estaban en el medio. El espejo me reducía a una panzona de huesos grandes y piernas flacas sin trasero alguno. Ninguna categoría en concreto, sola. Pero no estaba sola: todas estábamos preocupadísimas por el letrero de neón que suponía nuestro cuerpo de mujer. Este cascarón que oculta nuestro verdadero yo. Debería haber prestado más atención a las mujeres que me rodeaban. *¿Qué quieres? ¿Qué te duele? ¿Te puedo ayudar?* Deberíamos haber colaborado para alcanzar un objetivo en común: elevarnos las unas a las otras, como hacen las hormigas cuando se alzan hacia el cielo.

A los 20-24: El amor. Es todo calor y miel hasta que alguien juega a las canicas con el corazón. Hasta que alguien te rechaza. ¿Por qué? preguntaba. Les había dicho "te amo", dado clases de química y hecho pasteles. A cambio, recibía silencio, sonrisas petulantes o el polvo que quedaba después de que salían corriendo. Me volví una Grinch de año completo que solamente amaba a píxeles apuestos e inalcanzables como Brad Pitt. Después vi caer a un niño. Le dijeron "no llores, levántate". Reconocí a este niño dentro de los hombres que había amado. Decidí volverme una ermitaña feliz. Y después vi a Paul: el niño en su interior había llorado hasta que se le desbordó el corazón.

A los 25-29: El acné adulto y la revelación demoledora después de que dejé Medicina: Chachita no tenía línea directa con Dios. Papiringo no podía arreglar todas las cosas rotas. Chachita y Papiringo solo eran... humanos. Todos estos años: ¿me habían dado de comer mentiras con un vaso de leche para bajarlas? La depresión me partía al medio: ¿por qué bajar la cortina ahora? ¿Dónde estaban mis salvadores perfectos? La respuesta llegó en pedacitos hasta que la vi completa: en ninguna parte. Ellos nunca habían sido todopoderosos ni tampoco lo sabían todo. Ningún padre es así. Los amaba aún más por eso: su humanidad les dio el valor para criarme y amarme. Su humanidad los hizo mi Amanda, mi Carlos.

A los 30: Mi cuerpo es lo que es: una máquina bien aceitada que me lleva a lugares, necesita podas y baila con cierto estilo (un secreto: todo está en la cara, no en las extremidades). Mi cerebro también es lo que es: un músculo que se contrae cada vez que no me detengo a oler la tierra húmeda. Las manos huesudas de mi madre. La carne asada de mi padre. El pelo de Paul. En eso consiste la felicidad, no en calificaciones ni galardones. Pero hay días en los que me siento de 13 otra vez: me guardo lo que siento y me obsesiono con el trabajo. Sudo tristeza. Pero se detiene, sí: lo que sea que me esté echando abajo no es el fin del mundo. No estoy sola. Escribo, leo y enseño. Respiro con orgullo antes de enfrentar los primeros rayos de sol del día.

Con amor,
Treinta

Nota de la autora

Photo by Anabel Ramírez

Desde la década de 1990, cientos de niñas y mujeres desaparecieron y fueron "encontradas" en Ciudad Juárez. Miles. Este libro dice: *Siempre las recordaremos. Su muerte significa más que un titular. Aún debe hacerse justicia.*

Treinta me habla de amor está dedicado principalmente a las niñas y mujeres de Ciudad Juárez que hemos perdido. Como mujer mexicanoamericana oriunda de Ciudad Juárez que camina por sus calles con una mezcla de amor, miedo y respeto, esas pérdidas me tocan un nervio que ha estado crispado desde que tenía diez años. Independientemente del país y el género, esta es mi responsabilidad: recordar y dar testimonio.

Las familias de estas niñas y mujeres no descansan. Su vida está definida por su lucha: en protestas, pintando cruces negras sobre fondos rosados, viviendo con los recuerdos de sus hijas día tras día. Este libro está dedicado a ellas también: su fuerza me despierta sobrecogimiento y humildad. Sus hijas inspiran un coraje que solo puedo llevar agachando la cabeza, a través de mi trabajo como escritora y profesora.

Este libro también está dedicado a Ciudad Juárez: siempre serás mi hogar, mi segunda madre.

· · ·

He vivido en El Paso, Texas, desde hace 13 años, pero nací y me crie en Ciudad Juárez, México, y mi vida no es lo que imaginaba que sería cuando tenía 13: iba a ser médica, no escritora ni profesora. Ese plan de la infancia surgió a partir del deseo de aliviar la espalda dolorida de mis padres, que han trabajado arduamente desde que tengo memoria. ¿Me pidieron ellos esto? Nunca. Solo fue una idea mía para honrar su labor. También me encantaban las ciencias, la escuela y la idea de ayudar a traer bebés al mundo. Coincidían mis planes, mis motivaciones y mi personalidad.

Demos un salto a los 25, cuando empecé a estudiar Medicina en Galveston, Texas. Beber agua de una manguera contra incendios es una metáfora que se usa mucho para describir el tipo de aprendizaje que ocurre durante la carrera de Medicina. A un año de haber empezado, sabía que no era correcta: era más como beber de una catarata estruendosa. A pesar de eso, aprobé las asignaturas y me inscribí en un programa de medicina internacional que me llevó un mes a la India durante el primer receso de verano. Ese viaje me cambió. Al regresar de esta tierra del tecnicolor —desde los saris y la comida a la energía de sus habitantes y la pasión de sus profesionales de la salud políglotas—, hice unas prácticas en el Departamento de Medicina Familiar de Texas Tech en El Paso. La vida me sonreía. Estaba lista para comenzar el segundo año.

O eso pensaba. El episodio depresivo más grave de mi vida me sorprendió a tan solo unas semanas de empezar, cuando dejé de ir a clase y estudiaba muy poco. Comía comida chatarra, miraba Netflix y bebía agua directamente de bidones, que estaban desparramados por el suelo de mi pequeña habitación. Me bañaba cada tanto. ¿Qué había pasado?

Los saltos en el tiempo pueden ocultar sucesos importantes. Cuando tenía 17, traté de suicidarme. Nunca me tomé el tiempo de analizar por qué. Al igual que Anamaria, era una niña nerviosa y obsesiva que solo pensaba en la escuela y la perfección. Tiene sentido que, al intentar quitarme la vida, pensara que no tenía tiempo de hablar con mis padres y pedirles ayuda. ¿Para qué? Tenía muchas cosas que hacer. Mucho que aprender. El éxito justificaría todo y le pondría fin.

Todavía en Galveston, mi existencia diurna y mi dieta —galletas rellenas Little Debbie Oatmeal Creme Pies, un episodio tras otro de *30 Rock* y agua— se complicaban aún más por los sueños de un arma apuntándome a la sien. Identifiqué la sensación de cuando tenía 17: quería alivio. Otra vez. El éxito se había quedado corto. Esta vez hablé un poco con mi compañera de cuarto y mejor amiga, Jazmín, sobre mi "falta de motivación". Ella me ayudó todo lo que pudo con la información que tenía, pero fue en vano. No podía recuperar la fuerza que había tenido alguna vez.

El empuje llegó con un pensamiento que surgió mientras estaba echada en el suelo, algo que hacía seguido para anclar la cabeza en la tierra: *si yo moría, ¿qué le dirían de mí a Leyla, mi sobrina de tan solo unos meses?* La pregunta abrió las puertas a otras más: *¿Será feliz? ¿Cómo será de grande? ¿Qué aspecto tendrá?* No podía soportar la idea de no saberlo.

Concerté una cita para hablar de mis síntomas con una enfermera. Me recetaron un antidepresivo. Me fui de Galveston a El Paso con la idea de volver después de tomarme un año de licencia. Durante ese tiempo, cuidé a Leyla mientras mi hermana trabajaba, y viví al ritmo de las comidas y las siestas de mi sobrina. Fue una curva de aprendizaje pronunciada, pero estaba agradecida, porque verla crecer ocupaba la mayor parte de mi tiempo. También estaba Paul, y la primera vez que yo conocía un amor y un apoyo semejantes. En cuanto a la terapia, vi a una psicóloga una o dos veces para hablar de lo que pasaba, pero igual mi objetivo seguía superfirme: iba a salir y reírme de esto cuando me graduara, cuando recibiera mi primera paga.

De vuelta en Galveston, cambié mi método de estudio, hice ejercicio, seguí tomando el antidepresivo y fui a ver a una psiquiatra cuando empecé a dejar de dormir por cosas que no había hecho para "dominar" el material. Me recetó un medicamento para eso y me dijo que iba a poder descansar después de las maratones de estudio. No funcionó. Después rendí el primer examen: sabía que lo había reprobado antes de ver la calificación.

La cabeza me entró en shock, y el significado de ese fracaso se volvió peor que la realidad. Entonces, unos días antes de cumplir 27, le envié un correo electrónico al decano para avisarle que me iba y vendí mis libros y muebles en Facebook para reunir dinero y alquilar una camioneta. Muchos de los estudiantes de medicina de primer año que venían a retirar sus compras se quedaban sorprendidos cuando me preguntaban si me había recibido y yo respondía que no. Sí, quería decir, iba a abandonar todo: mis planes de la infancia, mi forma de honrar a mis padres.

Han pasado ocho años desde que sucedió eso. No me arrepiento de nada porque actué en defensa propia, quizás por primera vez en mi vida de obsesión académica. Me he dado cuenta de que este supuesto "fracaso" fue solo un contratiempo. Era evidente que mi enfermedad no estaba controlada; si no, creo que habría aceptado la calificación por lo que era en realidad: una piedrita, no una roca. Con el tiempo, la piedrita que salté me llevó a dos vocaciones que atesoro profundamente: escribir y enseñar. Y ambas me han permitido explorar preguntas más importantes: *¿y si yo hubiera hablado con un terapeuta cuando tenía 17? ¿Y si ese o esa estudiante hubiera pedido ayuda? ¿Debería intervenir y ayudar a que piense en su decisión o a acelerarla?* Como afirmarán algunos de mis exalumnos de la secundaria y la universidad, la respuesta suele ser que sí. Primero, mediante conversaciones informales —en los recreos, en las tutorías, cuando vienen a mi oficina, después de clase, en correos electrónicos— en las que los estudiantes me comentaban sus experiencias y yo compartía la mía. Después mediante Treinta, y ahora *Treinta me habla de amor.* Al principio, mi deseo de compartir lo que había aprendido en retrospectiva con los jóvenes con los que trabajaba era más fuerte que los recuerdos de mi adolescencia, o la falta de ellos, a través de Anamaria. Pero ella apareció, con vitalidad y frescura, al igual que mis estudiantes, para enseñarme que al mirar hacia nuestro pasado debemos ver la fuerza y belleza que teníamos.

En cuanto al presente, es todo lo que tenemos. Un cliché, lo sé, pero estamos aquí ahora. No ayer ni mañana. Así que no esperen: tomen el teléfono o vayan a la computadora y busquen la ayuda que necesitan para que este tiempo en la Tierra sea lo más feliz y pleno posible. ¿Aún no? Entonces recurran a su familia, a sus amigos o a profesores que hablen de la salud mental sin reparos; quizás eso sea una ayuda para pasar el umbral. Recurran a libros que hagan lo mismo. Cada autor crea consciencia sobre la salud mental de maneras distintas, pero creo que la mayoría tratamos de decir esto: *queridos lectores, no están solos.* En cuanto a *Treinta me habla de amor,* quiero decir que dentro de ustedes hay una Anamaria y una Treinta esperando a que las escuchen. No esperen más, y escúchenlas.

Agradecimientos

A la familia de Cinco Puntos Press. Lee Byrd, mi maravillosa editora: Gracias por arriesgarte. Gracias por soportar mis dificultades al inicio y mis extensas notas. Gracias por apoyar a los autores de color y sus historias. Gracias, gracias, gracias. Este libro no habría sido sin ti. Stephanie Frescas Macías: Gracias por ser una fuente inquebrantable de apoyo, paciencia y bondad, y por tu detallismo y agudeza. El futuro de la edición de libros está seguro en tus manos. Zeke Peña: Gracias por tu diseño mágico, por darle forma a este libro con tanta paciencia y dedicación. Mary Fountaine: Gracias por tu bella voz; cada vez que atendía el teléfono o iba a Cinco y me recibías tú, me sentía tranquila. Bobby y John Byrd: Gracias por su amor a las mujeres y sus obras, y por apoyar sus sueños.

A Paulina Magos: Gracias por tu arte. *Treinta me habla de amor* empezó a respirar con tu ilustración de tapa.

A Leyla, mi querida sobrina, y lo más cercano que tengo a una hija. Cuando te tuve en brazos por primera vez, me enamoré. Ahora que tienes ocho, casi nueve, me inspiras con tus pinturas, tu mente, tu bondad y esos ojos café que amenazan con salir volando con esas pestañas larguísimas.

A Yazmín, mi hermana, eres bella y brillante. Tu sentido del humor (tú fuiste quien me contó el chiste del globo en el desierto) me salvó la vida muchas veces, aunque no lo supiera cuando éramos más jóvenes. La dedicación que le pones a tu arte y tus clases me impulsan a luchar.

A mi mami, Amanda, la verdadera Chachita: me llevó mucho tiempo amarte bien. Sigo aprendiendo, de hecho. Pero siempre he visto la mujer fuerte y sensacional que eres. Eres una fuerza de la naturaleza. Gracias por todo lo que has hecho por mí: escribirme cartas hermosas, explicarme cómo administrar el dinero, enseñarme a cocinar (lentejas, albóndigas, etc.), llevarme al otro lado de la frontera por razones importantes y no tanto. Mi valentía y mi idea de qué es el amor provienen de ti.

A mi papi, Carlos, el verdadero Papiringo: también me ha llevado mucho tiempo amarte bien. Tú eres mi canario, mi piedra. El hombre al que siempre puedo llamar cuando sufro, cuando necesito una mano, una charla, un abrazo. Gracias. Recuerdo cuando me explicabas matemáticas con toda la paciencia del mundo en la escuela secundaria. Aún me explicas tantísimas cosas, como el amor, jardinería y la política mexicana. Mis ojos tristes, mis pantorrillas y mi fuerza provienen de ti.

A ambos: gracias por amar a su hija machetera y defectuosa tal como es.

A Paul, un pan dulce que jamás envejece: ojalá hubiera recibido la carta de Treinta a los trece. Habría perdido menos tiempo. Pero la verdad es que no habría creído que existieras. Eres un sueño hecho realidad. Eres pura dulzura y generosidad dentro de un envase maravilloso por fuera. Tu pelo negro azabache es un pedazo de cielo nocturno que anhelo desde que te conocí, y no puedo dejar de mirarte a los ojos mientras me corriges la gramática pacientemente y lees mis palabras con todo tu corazón. Este libro nació de tu amor incondicional por mi mente, mi condición de mujer y mis antojos de comidas raras. Este libro siempre será tuyo.

A mis suegros y mi tío político: Luz, Ken y Douglas. Han sido asesores, publicistas y porristas. Una segunda familia. Han criado a un hombre maravilloso que tengo el privilegio de amar y que me ame. En especial a Luz: me has amado como a una hija. Me has prestado tu oído muchas veces y animado a hablarte como amiga sobre mi vida, incluida mi lucha contra la depresión. Gracias. A John y Michael, gracias por su hermandad.

A Kito, mi primo, lo más cercano que tengo a un hermano: gracias por ser tan nerd, por amar siempre a mis padres, por tus bromas (¡incluso las que son a costa mía!) para hacerme reír y ser joven para variar. Gracias por querer a la Aletis, tu prima la seria, la del mal carácter, pero la que siempre te ha querido con todo su corazón.

A mis amigos, los viejos y los nuevos. Gracias por aceptarme como soy en distintos momentos de mi vida: Sybil Acosta, Edgar Aguilar Araoz, Antonio Baca, Francisco Barraza, Regina Bustillos, Priscila Castillo, Héctor Cisneros, Paula Cucurella, Mandy Campos, Raúl "Pato" Carrillo, Andie Castillo, David Cruz, Alejandra Diaz, Sarah Demers, Tania y Omar Félix, Gloria Fogerson, Jazmín Gonzalez, Jeanette Hernandez, Saúl Hernández, Victor y Maira Jackson, Camille Johnson, David Kosturakis, Alejandra "Pipina" Licón, Irma Nikicicz, Emily Martinez, Suzie Masoud, Mireya Perez, Gustavo Ortega, Rachel Quintana, Karla Reyes Almodóvar, Claudia Rodriguez, Carmen Rubio, Sandy Salinas, Criseida Santos Guevara, Maria Torres, Carmen Vargas, Emmanuel y Karen Villalobos, Stella Winters, Liz Zubiate, Oscar Zapata.

A mis estudiantes. Gracias por inspirarme a ser más valiente. Por ustedes, ahora soy mejor persona y escritora. Gracias por compartir sus obras y su vida conmigo. Esto es para ustedes: André Aguilar, Aaron Alcazar, Maria y Yeraldin Aragon, Daisy Arciniega, Dasseny

Arreola, Gabrielle Barrientos, Carson Bennett, Itzel Bermudez, Travis Bevis, Louie Carlos, Katie Clanan, Melissa Coronado, Ruby De Anda, Katherine Espinoza, Jazmin Flores, Paloma Gallego, Lizbeth Garcia, Yaritza Garcia, Magaly Guardian, Karla Hernandez, Andrea Herrera Aguirre, Dylan Hall, Christian Hernandez, Ileana y Karyme Hernandez, Carolina Jacquez, Samantha Lechuga, Marissa Lerma, Aida Licón, Ingrid Lopez, Jazmin Martinez Acosta, Lydia Mendoza, Joseline Millan, Dafne Mota, Olivia Mueller, Elisa Moton, Ivan Parra, Cinthia Ponce, Celeste Reyes, Daniela Rosales, Lina y Adolfo Ruiz, Kimberly Saenz, Paulina Spencer, Kera Steele, Antonia Taylor, America Torres, Jose Vasquez Benitez, Naomi Valenzuela, Eddie Velazquez, Aylin Vejar. A las chicas de poesía de Canutillo. Las echo de menos; son una bocanada de aire fresco: Alex, Alexis, Brianna, Chastelyn, Daelyn, Jocelyn, Lizzete, Talya.

A mis maestros y mentores, les agradezco profundamente por su paciencia con mis extensos correos electrónicos y mi aprendizaje lento. Rosa Alcalá (me enseñaste poesía por primera vez, leíste y respondiste a mis correos electrónicos de Galveston, creíste en mí y este libro desde el principio, y ningún gracias jamás será suficiente), Nelson Cardenas, Andrea Cote Botero (tu generosidad es una rareza; aún me pellizco para recordarme que eres así de real, así de talentosa, así de hermosa), Daniel Chacón, José de Piérola, Michelle Guzmán Armijo, Tim Z. Hernandez, Maryse Jayasuriya, Jorge López Austin (que descanses en el paraíso de los profesores de Ciencias), Charmaine Martin, Katja Michael, Sasha Pimentel (me ayudaste a encontrar mi voz y dijiste "hermana" cuando más sola me sentía; dijiste "escribe, escribe, escribe"), Luis Arturo Ramos, Cristina Rivera Garza, Lauren Rosenberg, David Ruiter, Benjamin Alire Sáenz,

Jeffrey Sirkin, Oscar Troncoso, Sergio Troncoso, Lex Williford, Sylvia Zéleny (respondes a todos los mensajes de texto, dices "así está la cosa, Ale", y luchas para escribir un día más).

Y a mis maestros y mentores indirectos, gracias por sus obras, sus libros: Elizabeth Acevedo, Gloria Anzaldúa, Fatimah Asghar, Margaret Atwood, Donald Barthelme, Jericho Brown, Sandra Cisneros, Tarfia Faizullah, Gabriel García Márquez, Demetria Martinez, Juan Felipe Herrera, Barbara Kingsolver, Toni Morrison, Valeria Luiselli, Isabel Quintero, Sharon Olds, Joyce Carol Oates, José Olivarez, Sigrid Nunez, Karen Russell, Erika L. Sánchez, J.D. Salinger, Patricia Smith, Evie Shockley, Jacqueline Woodson.

¡QUEREMOS SABER QUÉ TE PARECIÓ LA NOVELA!

Nos puedes escribir a vrya@vreditoras.com
con el título de este libro en el asunto.

Encuéntranos en

facebook.com/VRYA México

instagram.com/vryamexico

twitter.com/vreditorasya

COMPARTE
tu experiencia con
este libro con el hashtag
#treintamehabladeamor